狗の功名

大江戸秘密指令 7

完

二見時代小説文庫

目次

狗《いぬ》の功名——大江戸秘密指令7

狗《いぬ》の功名――大江戸秘密指令7・主な登場人物

勘兵衛《かんべえ》……絵草紙屋亀屋《かめや》店主、兼勘兵衛長屋の大家。元小栗藩《おぐりはん》勘定方権田又十郎《ごんだまたじゅうろう》。

松平若狭介信高《まつだいらわかさのすけのぶたか》…若くして老中に抜擢された小栗藩藩主。

田島半太夫《たじまはんだゆう》…小栗藩の老練な江戸家老。若狭介に隠密を使っての世直しを勧める。

井筒屋作左衛門《いづつやさくざえもん》…通旅籠町《とおりはたごちょう》の表通りの地本問屋・井筒屋の主。半太夫配下の隠密だった。

お梅《うめ》(お福《ふく》)…勘兵衛長屋に住む産婆。元御典医の妻で医術と薬草に精通。

半次《はんじ》……お梅の隣に住む大工。小栗藩元作事方で芝居好きな声色《こわいろ》の名手。

熊吉《くまきち》……勘兵衛長屋の南側のとっつきの住人。箸《はし》職人。元賄方《まかないかた》の大男。

恩妙堂玄信《おんみようどうげんしん》…小栗藩の元江戸詰めの祐筆で学識豊富な男。勘兵衛長屋の住人となり大道易者になる。

お京《きよう》……女髪結をしている勘兵衛長屋の住人。家老・田島半太夫直属の忍び。

弥太郎《やたろう》……勘兵衛長屋の住人。飴売りに化け探索に励むお京と同じく家老直属の忍び。

銀八《ぎんぱち》……盗賊一味から火盗改の狗《いぬ》に転じた幇間《ほうかん》。勘兵衛たちの手先になる。

池上長七郎《いけがみちようしちろう》…元火付盗賊改方長官だったが罷免され無役となる。復帰に執念を燃やす。

浦川周庵《うらかわしゆうあん》…吉原で幇間相手に妙な遊びを持ち掛ける、金持ちのみを診察する医師。

佐賀屋太兵衛《さがやたへえ》…医師浦川周庵と結託し金儲けを目論む日本橋三丁目の薬種商の主。

浜野屋千次郎《はまのやせんじろう》…明烏《あけがらす》の千次郎と呼ばれた盗っ人。盗みにあたり殺生や女犯を禁じていた。

第一章　しがらみ

一

身分を捨て、家を捨て、名を捨てても、人の世のしがらみはなかなか捨てがたいものであろうか。小栗《おぐり》藩江戸《えど》詰勘定方であった権田《ごんだ》又十郎《またじゅうろう》は世間から姿を消した。隠居を願い出た昨年、運命は決まったのだ。

「死んでくれ」

主君松平若狭介《まつだいらわかさのすけ》に謁見したとき、そう言われて驚きはしたが、武士として迷いはなかった。

「承知いたしました」

だが、死は世間を欺く方便であり、日本橋《にほんばし》田所町《たどころちょう》の裏長屋の大家《おおや》として生まれ変わるよう命じられた。名は勘兵衛《かんべえ》、横町の絵草紙屋、亀屋《かめや》の主《あるじ》も兼ねている。長屋に住む九人の店子《たなこ》はすべて殿の指令で動く隠密であり、それを差配するのが大家の役目。最初は町人になりきることに戸惑いを覚えたが、なんとなく慣れてしまった。

父母は早くに亡くなり、長年連れ添った妻とも死別し、兄弟もなく、子もなく、親戚とも疎遠で、親しく付き合う同輩もいなかった。急にこの世から消えても、残念がられることもない。

武家に跡取りがなければ、家は自然と潰れる定めである。権田の家を潰さぬようにと国元の遠縁から話があり、そこの三男と養子縁組をした。隠居を決意する一年前のことである。養嫡子となった新三郎《しんざぶろう》は勘定方の見習いとして出仕し、又十郎の隠居願いが受諾された後、家督を相続し権田家の当主となる。

表向き、長年勤めたお役を離れて骨休めに湯治の旅に出ると届けを出した。出立の前日、又十郎は新三郎に真実を打ち明けた。湯治ではなく、殿よりの密命で死を賜ったと。

新三郎の顔が悲痛に歪んだ。

「なにゆえに、なにゆえに、そのようなご無体なことを殿が仰せられましたか。父上はそれにお従いなされるご所存か」

「よく聞け。死ぬは方便、わしは死なぬ。もとより死ぬ覚悟はできておるが、実を申せば、わしは殿より大切なお役目を仰せつかったのじゃ。明日、旅に出れば、二度と再び、ここには戻らぬ。数日を経て、知らせが参るであろう。わしが箱根《はこね》の山中で急死し、荼毘《だび》にふされたと。使いの者が届ける遺骨をわしと思うて弔《とむら》うがよい」

田舎育ちで純朴な新三郎は驚いたようだが、御下命ならばと素直に納得した。隠密の差配として町の長屋の大家になるとまでは明かしていない。詳しく知れば、なにかの折に累《るい》が及ぶかもしれぬ。そこまで覚悟は決めていた。新三郎も深くは訊かず、江戸家老田島半太夫《たじまはんだゆう》の指図通り、権田又十郎の葬儀は滞りなく済んだ。昨年、八月のことである。これできっぱり権田の家と縁が切れた。

又十郎は死なずに大家として生きている。それを知っているのは、小栗藩主松平若狭介、江戸家老の田島半太夫、元隠密で今は大店《おおだな》の主人である井筒屋作左衛門《いづつやさくざえもん》だけである。

いや、もうひとり、同輩とほとんど親しく付き合わなかった又十郎にも気心の知れた友がいた。元服前から剣の修行に通った湯島妻恋町《ゆしまつまこいちょう》の町道場。道場主の山岸倉之助《やまぎしくらのすけ》とは剣の腕が互角、心を許し何事も語り合う友であった。昨年の秋の一件で、死んだはずの又十郎が密かに町人になっていることを知った倉之助は、道場を畳み江戸を去った。

権田又十郎は勘兵衛と名を変え、市井《しせい》に生きる庶民としてひっそりと暮らしている。殿からの指令を受け、江戸の町の不正や悪事と向き合っていれば、いつの日か、以前のしがらみとかかわることもあるかもしれぬ。それは、長屋の店子たちそれぞれにもあり得ることだ。


「今日もお暑うございますね」

昼餉のあと、店の帳場に座っていると、番頭の久助《きゅうすけ》が茶をいれてくれる。たったひとりの亀屋の奉公人だが、若くてよく気がつくので重宝している。

「うん、ありがとうよ」

勘兵衛はうなずく。茶はいつも通り熱からず温からず。勘兵衛は夏でも冷めた茶より多少熱いほうを好む。

「今日もよいお天気で、洗濯日和でございます」

五月の梅雨《つゆ》時も過ぎ、晩夏の六月は水無月《みなづき》というだけあって、雨は少なく日照りが続く。亀屋には他に小僧も女中もおらず、掃除、洗濯、飯の支度、勘兵衛の身の回りの世話、商品の仕入れから帳簿付けまで、久助ひとりが独楽鼠《こまねずみ》のように働いている。

「朝はまだしも、昼間はじっとしていても汗ばんでくるよ。おまえもこの暑さだ。あまり無理をするんじゃないよ」

「はい、あたしなんぞ、たいしたことはありません。絵草紙屋の番頭なんて、楽なもんでございます。それより、外を出歩かれる長屋のみなさんこそ」

今朝も長屋を見廻り、九人の店子たちに朝の挨拶をしながら様子を見てきた。

「そうだね。こんな暑い日は出職《でしょく》や往来の物売りは気の毒だな」

店子は大工《だいく》、鋳掛屋《いかけや》、担ぎの小間物屋《こまものや》、飴売《あめう》り、易者《えきしゃ》、ガマの油売り、箸《はし》職人、女髪結《おんなかみゆい》、産婆《さんば》の九人である。箸職人の熊吉《くまきち》と産婆のお梅《うめ》は朝から晩までたいてい長屋でじっと動かない。易者の恩妙堂玄信《おんみようどうげんしん》だけは昼間のうち家でぐうたら、日が暮れてから商売に出るが、あとはみんな明るい中で外回りの仕事、日中に歩くだけでも暑いだろう。本来はみな隠密、仮の稼業であくせく働くこともないのだが、世間並みに長屋の庶民になりきっている。町に溶け込めば、世直しの種が見つかることもあるのだ。

「うちに本を買いに来る客もいないが、まあ、それは夏に限ったことじゃないがね」

商売は閑《ひま》でも困らない。亀屋は通旅籠町《とおりはたごちょう》の地本《じほん》問屋井筒屋の出店であり、元隠密の作左衛門を通して、老中松平若狭介の指令が勘兵衛に伝えられる。江戸の町から不正や大きな悪事を取り除き、世の平穏を保つこと、それが勘兵衛長屋の役目なのだ。

絵草紙屋の商売は隠れ蓑のようなもの。儲からなくてもいっこうにかまわない。
「さてと、ではちょいと井筒屋さんまで行ってくる。お伝えすることもあるんでね。店は閑だが、あとは頼んだよ」
「行ってらっしゃいませ。どうぞお気をつけて」

日本橋の本町《ほんちょう》通りは、本町一丁目から両国広小路《りょうごくひろこうじ》までを東西に結ぶ大通りで、名のある大店が軒を並べており、いくら暑い時節とはいえ、鳶《とび》の者が下帯《したおび》ひとつでうろつく場末と違い、通行人はおおむねこざっぱりしている。

この表通りの通旅籠町に大きな地本問屋を構えているのが井筒屋作左衛門。元は小栗藩士で、江戸家老田島半太夫配下の隠密であったが、二十年以上前に藩籍を離れ、小さな貸本屋から始めて商才を発揮し、今では地本問屋として財を成し、版元としても商売を大きく広げている。

おや。

店の前まで来て、勘兵衛は首を傾げる。

いつもと様子が違う。間口は広く、店先には様々な本や錦絵が並び、番頭が客と応対しているのは普段通りだが、店の奥まったところでは、番頭から小僧まで大勢の奉公人が汗を拭き拭き、戯作本や浮世絵や書画を抱えて、あっちこっちと立ち働いている。閑な亀屋と大違いだ。

「おお、勘兵衛さん、暑い中、ようこそお越しくださいました」

「お店はご多忙のようで」

奥座敷に通された勘兵衛を、作左衛門はいつもながら福々しい笑顔で迎えた。勘兵衛より一回りほど上の還暦《かんれき》過ぎ。髪に白いものが混じっているが、恰幅よく顔色は艶々《つやつや》して、歳よりも若く見える。

「今年の梅雨は雨が多かったでしょう。ようやくからりとした日が続き、品物の虫干しをしている最中でしてね。蔵に仕舞い込んである分はあらかた片付きましたが、店の本にも取りかかり、少しずつ、あっちへやったりこっちへ移したり」

「虫干しですか。お忙しいときに突然押しかけまして」

「なあに、わたしがわざわざ指図しなくても、みんな心得ております。とはいえ、商売は休めませんから、慌ただしくてお客様にはちとご迷惑かもしれません。どうかお気遣いなく」

言われて勘兵衛は首を傾げる。

「うちも絵草紙を扱っておりますので、虫干し、考えなくてはなりませんな」

「いえいえ、おたくに卸しているのは品数も少なく、古いものはありませんので、虫がつかないよう久助が万事心得ておりましょう」

久助は作左衛門から亀屋の番頭を命じられるまでは、この店の手代をしていた。

「それなら、安心いたしました。よく気が利く働き者で、助かっております」

にやりと笑う作左衛門。

「で、勘兵衛さん。例の一件以来、またなにか面白い噂でも」

「はあ、なかなか面白い噂などございません。すぐ近くなのに、ご挨拶にもうかがわず、失礼いたしております」

「先月の長屋のみなさんのお働き、お殿様もお喜びだそうです。その後のいきさつ、いろいろとお耳に入っているでしょう」

「はい、承知しております。例の旗本が切腹したことも、手先に使われていた悪党どもに獄門や死罪のお裁きがくだったことも当然の報いと思っております」

「ご家老のお話では、赤坂《あかさか》の山崎屋《やまざきや》はたいそう喜んでいたそうで。これも長屋のみなさんのおかげです。もちろん、どんなに見事なお働きであっても、だれにも感謝されませんがね」

苦笑する作左衛門に勘兵衛は大きく首を横に振る。

「いえいえ、感謝だなどと。わたしども長屋のみんなはそんなことを望んではおりません。殿のため、世のため、人のために働き、世間の暮らしが少しでもよくなれば、それがなによりうれしゅうございます」

嘘偽りのない本心である。

「わたしとて、同様です」

作左衛門は鷹揚に笑う。

「さて、勘兵衛さん、面白い噂はないとしても、なにかございますね。今日はどのような」

勘兵衛が井筒屋を訪ねるのは型通りの挨拶ではない。世直しにかかわる案件があるからなのだ。

「はい、さきほどお話に出ました山崎屋と多少かかわりのあることで、少しご報告いたしたいと存じまして」

「ほう、山崎屋とかかわる」

「ご承知とは思いますが、例の盗賊騒動、徳次郎《とくじろう》が京橋《きょうばし》の往来で昔の女に声をかけられたのがきっかけでございました」

大きくうなずく作左衛門。

「そうでしたな。徳さんが小姓をしていたときの不義の相手の奥女中、これが山崎屋の娘で、お暇《いとま》の後、京橋の明石屋《あかしや》に嫁《とつ》いでいたのでしたね」

「惚れた小姓に瓜二つの小間物屋を見て、女は驚きましたが、身なりも振る舞いもまるで違う。第一小姓はお咎めで果てて、この世にいるわけがない。本人とは気づかなかったようですが、つい声をかけてしまった。よほど忘れられない思いが残っていたのでしょう」

「なるほどねえ」

「徳次郎も思いは同じとみえて、別れた女の今の不幸な境遇に同情し、つい、かかわりを持ってしまい、それが世直しの一件につながりました」

「遠くて近きはなんとやら。その後、女は尼寺に入ったと聞きましたが、やはり徳さんの正体に気づきましたか」

「はい、顔も声も背格好もそっくり。本人そのままですから、二、三度顔を合わせ、親切に接すれば、自ずからなりゆきで」

「うーん、まずいな」

　作左衛門は顔をしかめる。

「隠密の正体が知られたなら、今後のお役目にかかわりますぞ」

「切腹したはずの元小姓が死なずに担ぎの小間物屋になっている。そこまでは知られました。さぞかし不審に思ったでしょう。ですが、徳次郎が申しますには、隠密のお役目までは露見しておらぬ様子。その後、女は髪をおろして出家し、世捨て人となったので、それ以上の秘密は漏れぬかと」

「世捨て人ですか。ふふ、勘兵衛さんにしろ、長屋のみなさんにしろ、みんな世捨て人のようなものですね。だが、蟻の穴から堤が崩れる例えもあります。どんな些細なことから、隠密長屋の世直しが発覚しないとも限りません。よほど心せねば」

大きくうなずく勘兵衛。

「徳次郎も二度と女には会いますまい」

「うむ。万が一、公儀に目をつけられたら、藩の存亡にもかかわりましょう。また、今まで懲らしめた悪人どもと縁のある者に発覚すれば、これもまた厄介《やっかい》です」

「井筒屋さん、今日、わたしがうかがったのは、徳次郎の件もありますが、長屋の店子たちのことをもう少し詳しく知っておきたいと思いまして」

「ほう、それは」

「昨年八月の顔合わせで、あの者たちの元の身分、いかにして隠密となったのか。そこまでの事情は一通り聞いております。また、毎日長屋で顔を合わせ、いっしょに役目を果たしてまいりましたので、それぞれの得意技や人柄もわかっております。が、今回、徳次郎の一件で、わたしは知らないこともけっこうあると気づきました」

「知らなくてもお役目に支障がなければ、まあいいとは思いますが」

「はい。ですが、大家といえば親も同然、店子といえば子も同然、仮初《かりそめ》の親として、この先も様々な苦難に立ち向かう覚悟です。知りたいのは、あの者たちのさらに詳しい係累やしがらみについてです」

作左衛門は小首を傾げる。

「しがらみ。うーん、なるほどねえ」

「わたしには権田の家を継がせるために迎えた養子がひとりおりますが、実の子はおりません。父母ともさほど親密ではなかったので、親子の情にも疎《うと》うございました。ですが、今は長屋のみんなは家族同然と思っております。ひとりひとり、本人を前にして、立ち入ったことを根掘り葉掘り尋ねるのは憚《はばか》られます。知らなくてもいいこともあるでしょうし。ですが、知っていれば、この先、差配として役立てることも、守ってやることもできるのではないかと」

作左衛門は腕を組んで考え込む。

「おっしゃることはわかりました。勘兵衛さん、あなたのお気持ち、長屋のみなさんのしがらみを少しでも知ることで、今後の危難に密かに備えておきたいというわけですね」

「それが理詰めに通じるかは定かではありませんが、江戸の長屋に暮らしながら、隠密のお役目を遂行する以上、かつての身内や知り合いに思いがけず出会い、それが長屋の秘密の発覚につながらないとも限りません。そのこと、心にとめておきたいと」

「元勘定方だけあって、細かく帳尻を合わせるのですね。実はわたしも長屋の普請から隠密をひとつに集める趣向を進言し、みなさんに町人としての表稼業の世話もいたしました。元の身分やお役を離れた事情はある程度は知っております。ですが、身内や近親がどうなっているのか、そこまでは詳しく存じません。むしろ、毎日いっしょに顔を合わせておられる勘兵衛さんのほうが、わたしよりもみなさんの人品骨柄についてはお詳しいでしょう。それ以上のことをお知りになりたいとおっしゃるのなら、ひとつ、わたしからご家老のご意向を尋ねてみます」

「そう願えますか」

「九人の隠密、いや勘兵衛さんを含めて十人を選び出されたのはご家老です。いや、二平さんは殿直々でしたね。元の身分、名前、係累、すべてご存じですよ。あなたのお気持ち、お伝えいたしましょう」

「ありがとうございます。それから、もうひとつ、井筒屋さんからご家老を通じて殿のお耳に入れたいことがありまして」

「なんでしょう」

「これは長屋のみんなとも相談して決めたことですが、探索の手先として、狗《いぬ》をひとり手懐《てなず》けました」

「狗」

「はい、これもまた、先月の盗賊騒動とかかわりのある話でして」

「ほう」

「もしも、殿の意にそぐわなければ、即刻、取りやめにいたしますが、あわせてお伝え願えますでしょうか」

「心得ました。で、どのような狗ですかな」

作左衛門は興味深そうに身を乗り出した。

三日ほどはなにごともなく、勘兵衛は長屋の大家を兼ねた絵草紙屋の主人として過ごした。明け六つに目を覚まし、久助がいれてくれた茶を飲んで、長屋を見廻り、店子たちと挨拶がてら顔を合わせ、その後は亀屋の帳場でぼんやりし、ときどき二階で本を読んだり、ごろっと昼寝したり。

町役を務めているので、当番の日は午後から田所町の自身番に顔を出し、定番《じょうばん》の甚助《じんすけ》と世間話をしたり、定町廻同心の井上平蔵《いのうえへいぞう》が立ち寄れば、挨拶をして、変わりがなければ、それだけで終わる。

普段は七つになると店を閉めて、近所の湯に行き、さっぱりする。同じ田所町で下駄屋をしている杢兵衛《もくべえ》も町役でいっしょなので、湯屋で顔を合わせると、たまに居酒屋の藤屋《ふじや》で一杯やることもある。

勘兵衛は酒が嫌いなわけでもないが、ひとりで飲むことはない。湯屋で汗を流すと、あとは久助が用意してくれた夕飯。特に店子から急ぎの要件もなければ、可もなく不可もない。

この日、湯屋から戻ると、久助が神妙な顔で伝えた。

「井筒屋の旦那から使いがまいりまして」

「ほう、井筒屋さんが」

「今夜、柳橋《やなぎばし》のいつもの茶屋までお越し願いたいとのことです」

二

勘兵衛が柳橋の料理茶屋に着くと、座敷では松平家江戸家老の田島半太夫が井筒屋作左衛門とすでに盃を傾けていた。歳は井筒屋とほぼ同年の還暦過ぎ。髪は白く、痩せて相貌も青白い。長年小栗藩に仕え、若い主君の若狭介を支える重臣である。

「ご家老様、お待たせいたしました」

「ふふ、殿は常々質素倹約と仰せられているが、たまには茶屋のうまい酒もよいものじゃ。井筒屋とふたり、一足先に始めておったぞ」

作左衛門が手を叩くと、若い女中がすぐに膳を運んでくる。

「まずは一献まいろう」

「ははっ」

女中が退出し、勘兵衛は席を進み、盃を受ける。

「いつもながら、そのほうらの働き、殿もお喜びであるぞ」

殿から与えられた世直しの役目、認められることはなによりの喜びであり、胸が熱くなる勘兵衛であった。

「ありがとう存じます」

「勘兵衛、探索の手先として狗を使いたいとのこと、井筒屋から子細は聞いておる。その旨、殿に申し伝えたぞ」

「ありがとう存じます」

「幇間《ほうかん》の銀八《ぎんぱち》と申す者、元は盗賊一味であり、火盗改《かとうあらため》に捕縛されて寝返り、仲間を売った後、火盗改の狗となったと。それはまことじゃな」

「はい」

「安易に寝返るような輩《やから》、信用できるのか」

半太夫は疑い深そうに勘兵衛の顔を覗き込む。どうやら難色を示しているようだ。

「殿のお気に召しませぬか」

「うむ。世の不正や悪事に向き合うは、本来は公儀の役目である。町での悪事は町奉行所が取り締まり、武士の悪行《あくぎょう》は直参《じきさん》ならば目付が調べ、藩士ならば各藩の手によって裁かれる。大名の不始末は大目付が対処する。そして、それらを動かすのが幕閣のご老中方のお役目。殿もそのおひとりじゃ」

「はい」

「しかるに、それらの仕組みがうまく働かぬ場合もあり、多くの民が苦しむことになれば、黙って見過ごすわけにはまいらぬ。民を養うことこそ治国の基本であると常々殿はそう仰せである。そこで、わしが進言し、密かな世直しをお勧めした。家中から選んだ隠密を市中に忍ばせること。さらに井筒屋が珍妙なる案を献策いたしおった。隠密を町の裏長屋ひとつに集めてはどうかと」

「ははあ」

作左衛門は頭を下げる。

「畏れ入ります」

「殿は型破りなお方ゆえ、お気に召され、田所町に長屋が普請され、長屋には大家がなくてはならぬ。そこで勘兵衛、そのほうが大家となった」

「ははあ」

「元盗賊の手下を狗に使う案、殿はかねてより町奉行所の定町廻同心が無頼の者を御用聞きとして手先にしていること、毒をもって毒を制するとはいえ、好ましく思っておられぬ」

「やはり狗のご承認、かないませぬか」

半太夫はにやりと笑う。

「賊徒の手先から火盗改の狗に寝返り、今の生業《なりわい》は吉原《よしわら》の幇間。そのような者を隠密長屋の狗にするとは」

「はあ」

「殿は大笑いされたぞ」

「はあ」

勘兵衛は訝しむ。

「殿がお笑いなされたとは、それはまたどのような」

「町方の手先になって十手《じって》を振りかざす御用聞きなどは不快である。が、元盗賊の片割れを狗として手懐けるとは、酔狂である。石頭で融通のきかぬ権田又十郎が、町の長屋の大家になって、柔らかくなったようじゃ。その帮間、よほど勘兵衛の眼鏡《めがね》にかなったのであろうと仰せであった」

「え、それでは」

「今も申した通り、殿は型破りなお方。それゆえ家中から選んだ隠密を市井の長屋に住まわせておられる。長屋の一同が認めたのであれば、大事ない。銀八とやらを手先に使うこと、さし許すと申された」

「おお、さようでございますか。ありがたきお言葉」

「勘兵衛さん、よかったですね」

横から作左衛門もうれしそうに声をかける。

「ありがとうございます」

「だがな、勘兵衛。その銀八なる者、長屋の店子がみな当藩の元家中による隠密であるとは気づいておらぬのじゃな」

「はい」

大きくうなずく勘兵衛。

「わたくしを奥羽《おうう》で名のしれた盗賊の頭《かしら》、月ノ輪《つきのわ》の勘兵衛、長屋の一同をその一味と思っておりまする」

「はっはっは」

大笑いする半太夫。

「権田又十郎が町の大家勘兵衛となり、盗っ人の頭目とはのう。さっそく殿のお耳に入れねば」

「お恥ずかしゅうございます」

勘兵衛は苦笑する。

「して、勘兵衛。その者をどのように役立てるつもりじゃ」

「かつて賊徒の片割れ、悪事の動向にも詳しいかと存じます。ですが、仲間を売ったことが判明し、裏の世界で広まれば、盗賊の同類からは仕置きとなりましょう。悪党どもには悪党の掟《おきて》があるようでして」

「うむ」

「わたくしを賊徒の頭目と思い込んでおりますので、吉原で幇間としてそのまま働かせます。吉原では大尽と申す金使いの荒い客がおるそうで」

「ふんっ。ろくでもない輩じゃのう」

「中にはお大名もおられるかと」

「民百姓から集めた血と汗の年貢で豪遊するなど、ますますもって、けしからぬ」

「吉原で湯水のごとく金を浪費する者の中には、不正や悪事に加担し汚く大金を得ておる者もいるやもしれません。義賊の月ノ輪勘兵衛、盗みはすれども非道はせず、金の有り余ったところから盗む。狙う相手は違法に金を貯える悪党。そやつらから盗むと伝えてあります。この先、銀八が吉原でそのような放蕩者を見つければ、それが世直しの種になるやもしれませんので」

「なるほど、さすが勘兵衛、それはよい思案かもしれぬ」

「むろん、金持ちがみな悪党とは限りません。井筒屋さんのように商売上手で多くの人を喜ばせて儲ける目先の鋭い商人もおりましょう」

「なにをおっしゃいますやら」

作左衛門が大きく肩をすくめる。

「勘兵衛さん、そのような世辞、おやめくだされ」

「これは失礼しました」

ぺこりと頭を下げる勘兵衛。

「そのほうの思案、相わかった。だがのう、銀八と申す幇間、探索に長《た》けておれば、いずれ長屋の正体にも気づくのではないか。そうなったら、いかがいたす所存じゃ」

「月ノ輪一味は江戸中に息のかかった者が潜んでおり、いつでも目を光らせているので、おかしな動きを見せれば、命はないと釘を刺しました。が、それでもこちらの秘密、見破られるやもしれませぬ。そのときはそのとき。大事にならぬよう対処いたします」

「うむ」

大きくうなずく半太夫。

「狗の件はそれでよかろう。して、もうひとつの用件、長屋の隠密一同の詳細を知りたいとのことじゃが」

「はい、徳次郎が不義の相手と再会したこともありまして」

「長屋の一同の元のお役目については存じておろう」

「昨年八月に大家として顔合わせをいたしました折、それぞれの元の身分、隠密となったいきさつは一通りうかがっております」

「さようであった。それは井筒屋も心得ておろう」

「ははっ」

　作左衛門が頭を下げる。

「勘兵衛、それだけ知っておれば、さらに伝えることもさほど思い浮かばぬが。おお、酒が切れたようじゃ」

「はい、ただいま」

　作左衛門が手を打つと、先ほどの女中が酒の追加を運んでくる。

「お待たせいたしました」

「あっ」

　その女中の顔を見て、勘兵衛は声をあげる。

「お京《きょう》さん」

　茶屋の女中と思っていたら、長屋の隠密のひとり、女髪結のお京ではないか。

「うふ、大家さん、こんばんは」

「じゃあ、さっき、膳を運び入れたのもお京さんだったのか。まいったなあ。ちっとも気がつかなかった」

「ふふ、だって、あたし、忍びですから」

ふたりの会話を聞いて、半太夫はうなずく。

「おお、勘兵衛よ。そうしていると、そのほうら、どこから見ても素町人であるな」

「ははあ、畏れ入ります」

「まあ、よいわ。わしが家中から、隠密としてこれと目をつけた者、まずはお京と弥《や》太郎《たろう》に身辺を探らせたのじゃ」

女髪結のお京と飴売りの弥太郎のふたり、長屋の一員になる前は田島半太夫の下で忍びとして働いていたのだ。

「さようでございましたか」

「そうなんですよ」

お京がうなずく。

「あたし、権田又十郎様のことも、お付き合いの範囲、お仕事の評判、お身内のこと、武芸の腕前、その他、三年前にご新造《しんぞう》様が亡くなってから後添いも貰わず、これといった色事の相手も作らず、色里で茶屋遊びもせず、清廉潔白なお人柄までじっくり調べまして、ご家老に報告いたしました。申し分のないお方と」

「ええっ、そんなことまで。そうだったのか。じゃ、お京さんは長屋のみんなのこと、わたしよりも詳しいんだね」

ぺこりと頭を下げるお京。

「勘兵衛、そのほうも昨年秋より長屋の一同とほぼ毎日顔を合わせ、いくつかのお役目も果たし、気心も知れておろう。一同のこと、わしからはさほど付け加えることもないが、まあ、せっかくじゃ。くどくならぬようにさらりと申すことにいたそう。まずは先月の世直しのきっかけとなった元小姓の徳次郎であるが」

「はい」

「小姓をしておったときの名が藤巻主計《ふじまきかずえ》と申す」

「ほう、藤巻主計殿」

「江戸詰で親兄弟はおらぬ。不義ゆえ切腹を申しつけたが、あの美貌と女あしらいは殺すに惜しい。近しい縁者もおらず、長屋の隠密に加えた。不義の相手は奥女中の小波《さざなみ》、元の名が赤坂の経師屋《きょうじ》の娘お峰《みね》、不義で実家に戻った後、京橋の扇屋《おうぎ》の明石屋治兵衛《じへえ》に嫁ぎ、先月の一件で治兵衛は遠島、お峰は本所《ほんじょ》の尼寺善寿庵《ぜんじゅあん》で得度いたした。この先、徳次郎と縁はないと思うが、いかがじゃ」

「はい、徳次郎はそう申しております」

「屋敷に勤めておったときには、女中たちに好まれておったようじゃが、不義は一度だけであった。そうであろう、お京」

「はい、藤巻主計様こと徳さん、もてるんですが、女に深入りしたのは小波さんことお峰さんひとりだけで、他には浮いた噂はございません」

「それゆえ、隠密に加えたのじゃ」

なるほど、美男で女に取り入る名手であるが、決して女に心を動かされない。そこが隠密としてこの先、役に立つに違いない。納得する勘兵衛であった。

「いかがじゃ、お京。そのほう女として、徳次郎の美形に胸躍らせるであろう」

「まあ、いやなご家老様」

お京はぷっとふくれる。

「あたしは若くて軽い男は苦手《にがて》でございます。やはり、ずっと年長で、落ち着いて、ずっしりと重々しい渋い殿方に惹かれます」

「すると、なにか。今、ここにおるわれら三名、それが好みと申すか」

「うふん、お恥ずかしゅうございます」

袖で顔を隠すお京。

「いやはや、男に惑わず、男心を迷わせる。忍びのわざ、さすがじゃのう、お京」

お京はにっこり笑って、ぺこりと頭を下げる。

「では、次にまいろう。大道で易者をしておる恩妙堂玄信、やはり江戸詰、祐筆《ゆうひつ》で元の名は秋山彦三郎《あきやまひこさぶろう》と申した」

「秋山彦三郎殿ですか」

「代々使番《つかいばん》を勤める家の次男であり、嫡子でないので学者を志しておったが、兄の死で秋山家を継ぐこととなった。番方は心もとないと、祐筆を願い出て許された。親とは死別、妻女と離縁し、子もない。二十年勤めて、有職故実にも詳しく、殿からも頼りにされておったのじゃが、それが昨年、同輩の書状の間違いを庇いおって、お役御免となった」

「ほう、そのようなことが」

「本人は思うところがあり、屋敷勤めに見切りをつけたのであろう。浪人にするには惜しい。そこで、わしが長屋に引き入れた」

「たしかに物識りゆえ、長屋ではみなから先生と呼ばれております。理路整然と相手の心を見抜くところ、易者に向いておりましょう」

「はっはっは」

半太夫は笑う。

「易者とは、まさに秋山らしいのう」

知ったかぶりは少々くどいが、玄信先生も隠密として心強い。

「次に大工をしておる半次《はんじ》であるが」

「はい、あの変装の術、しばし同席すれば、その相手を事細かく見極め、たちどころに化けまする」

「そうであろう。屋敷では作事方《さくじかた》を勤めておった。元の名を岩瀬佐平治《いわせさへいじ》」

いつもへらへらして、軽口ばかり言っている半次が岩瀬佐平治とは。

「あの御仁、とても武士には見えませぬ」

「父親も作事方、親子揃って芝居が好きでのう。父に連れられて幼い頃から芝居小屋に通っておったよし。父の死で作事方を継いだが、芝居通いはますます盛んになり、見てきた芝居の場面を酔って同輩の前で演じ、喝采を受けて喜ぶ体たらく。お役目もそれなりに支障なかったが、武家の芝居通いは表向きは好ましくない。とうとうお役御免の上、放逐の沙汰となった。その前にひとつ物真似をやってみせよと促したところ、嬉々としてやりおった。これが見事でのう。そこで長屋の隠密に加えた。妻帯しておらず、子もない。岩瀬の家は断絶となったが、本人はけろりとして喜んでおるようじゃ」

「はい、あたしの口から言うのもなんですが」

　お京が言う。

「岩瀬佐平治様、どこからどう見ても、職人にしか見えず、あれじゃ、たとえ昔の朋輩に出会っても気づかれる心配はありません。あたしの調べましたところ、独り身ながら、将来を約束した女子はおらず、たまに吉原で遊んでおりますが、さほどもてず、へらへらしているばかり。そこが半ちゃんのいいところですわ」

　勘兵衛と作左衛門は思わず笑ったが、半太夫だけはぶすっとしている。

「こりゃ、お京。半ちゃんとはなんじゃ。へらへらして、さほどもてずとは。わしの前でまぎらわしいぞ」

　あ、そういえば、ご家老様も半太夫で半ちゃんか。

「半次などと、たわけた名を名乗りおって、岩瀬佐平治め」

　勘兵衛はぐっと笑いを堪える。だれにでも化ける変化自在、声色の名手、百面相の半次、隠密として、たいそう役に立つ。

「それはともかく、あとひとり、江戸詰といえば、大男の熊吉、今は箸職人をしておるが、元は賄方《まかないかた》で大谷一太郎《おおたにいちたろう》と申した」

「大谷一太郎殿ですか。なるほど、立派な名前でございますな」

「背丈はいかほどであったかのう。お京」

「はい、六尺五寸でございます」

「目方は」

「およそ五十貫でございます」

「背丈も横幅も大きく、雲をつくような大男。賄方であった父親が、一太郎を番方にしようと剣術道場に通わせた。剣の腕はさほど上達せず、柔術と拳法を習得し、素手で相手を倒す」

「人を殺《あや》めたことがあり、お役御免になったとうかがいましたが」

「うむ。一太郎のふた親が宴席の残りもので食あたりにて亡くなり、一太郎は賄方のお役を継いだが、組頭が出入りの商人といろいろとあってのう。付け届けは取り放題。宴席のたびに不正を働いておった。気づいた一太郎がそれとなく聞きただしたところ、逆上した組頭が一太郎を愚弄し罵倒したのじゃ。温厚な一太郎が思わず手を突き出したら、組頭はあばらを折って絶命いたした」

「おお、そのようなことが」

「非は組頭にあったが、病死扱いとなり、大谷一太郎は近親の者も親しい同輩も縁者もないので、藩を離れ箸職人の熊吉となった」

「たしかに力は強うございます」

「相撲の力士でもあれほどの大きな男は珍しかろう。長屋の隠密の中では、一番強いかもしれん。どんな相手でも素手で倒すからのう。人柄はおとなしく、気立てもやさしく、引っ込み思案ではあるが、人相はいかつい。鬼か熊のごとくじゃ。それゆえ殿が熊吉と命名なされた」

　名は体を表す。まさしく熊吉である。

「あの体であの顔でございますから、往来を歩くだけで、人が怖がって避けるとのこと。いつも長屋に引っ込んで箸を削っております。が、いざというとき、やはり役立ちまする」

　一太郎こと熊吉、素手で軽く人をひねり殺す。百人力であろう。

「うむ。強いといえば、もうひとり、浪人の橘左内《たちばなさない》。あの者の剣の腕前は無敵である。今申した藤巻主計、秋山彦三郎、岩瀬佐平治、大谷一太郎、この四名は勘兵衛、そのほうと同じく代々在府である。が、わが藩の家中は江戸よりも出羽《でわ》の七万石、小栗城下にそれぞれの家族とともに暮らしておるのじゃ。浪人の橘左内、国元で馬廻《うままわり》役《やく》、その名を村上平八郎《むらかみへいはちろう》と名乗っておった」

「村上平八郎殿ですか。ほう、剣客らしい名でございますな」

勘兵衛は感心する。

「あら、今じゃ、死神の左内さんですけど」

横からお京が口を出す。

「なに、死神とな」

半太夫は眉間にしわを寄せる。

「ちと、剣呑じゃのう」

勘兵衛もうなずき、山崎屋の一件を思い出す。

「先月の盗賊騒ぎの際、押し入った賊を瞬時に三人斬り倒しました」

「うむ、それだけの腕はあろう」

「以前にも、世直しのお役目で何人も斬っております」

「人斬りの殺気を漲《みなぎ》らせておるので死神か。なるほど、国元では城下一の使い手として村上平八郎の名は知られておった。四年前、殿の国入りの際、御前試合が行われ、それが村上を浪人にした」

「試合の相手を殺めたとは聞いております」

「城下にはいくつかの流派の剣術道場があり、殿は質実剛健のご気質ゆえ、お国入りにあわせて御前試合が行われた。各道場からよりすぐりの腕自慢が集まり、覇を争い腕を競い合う。村上平八郎は師範から太鼓判を押される流派随一の使い手であり、試合では他流の道場の門人たちを次々と打ち負かし勝ち進んだ。最後の相手は道場は違うが、家中で凄腕として知られた御納戸役《おなんどやく》、腕は互角であろう。木剣とはいえ鎬《しのぎ》を削る激しい接戦で、紙一重で平八郎が勝った。流派対流派、道場対道場の戦いでもあり、相手方が判定に不服を言い立てた。平八郎が打ち込む寸前に、相手の木剣がわずかに早く、平八郎の胴をかすっていたというのだ」

「紙一重ならば、あり得ぬ話でもござらぬ」

剣の話となったので、勘兵衛の口調がつい、武家言葉になっていた。

「そこで日を改め、真剣勝負となったのじゃ。流派や道場の面目《めんもく》を重んじてのこと、正義や理非とはかかわりなく真剣ともなれば、どちらか一方が絶命する。相打ちならば両方が死ぬ。村上平八郎はなんの意図もなく相手の命を奪った」

「勝敗は時の運でございます」

「そうじゃな。藩の重役が立ち会った正式の勝負であり、咎めこそ受けなかったが、勝ったところで称賛もされず、国元に居づらくなったのであろう。村上は妻女とは死別しており、子も後添えもなく、城下の屋敷に老母ひとりを残し、単身江戸行きを志願し、殿の参勤に従った」

「それが四年前でございますか」

「さよう。昨年、内々に隠密を選出する際、わしが平八郎の剣の腕に目をつけ、弥太郎に周辺を探らせた。一昨年に母の死で城下の屋敷も整理しており、近親はなく、国元で同輩を倒したこと、噂になっており、江戸藩邸に親しい友もおらぬ」

勘兵衛は溜息をつく。なんとなく、自分に重なるのだ。

「そこで意向を問うた。藩随一の腕、名を捨て武士を捨て、忠義に役立ててはくれぬかと。平八郎は迷わず承知してくれたので、殿に引き合わせたところ、名を橘左内に改めると申す。右近の橘左近の桜であるな、そう殿が仰せられた」

「ほう、風流でございますな」

「平八郎が申すには、国元の真剣勝負で倒した相手、御納戸役の高萩左近《たかはぎさこん》、父母に孝行、妻をいつくしみ、幼子が生まれたばかりであった。腕は互角であり、死んでいたのは自分かもしれぬ。高萩左近の名を忘れぬよう、萩を橘に、左近を左内に変えて橘左内、この名を名乗るたびに弔いにもなりましょう。そう申したのじゃ」

勘兵衛は胸を打たれた。橘左内の名にはそのような謂《いわ》れがあったのか。只者ではないと思っていた。剣の腕、胆力、志、ひとかどの武人に違いない。それが今は大道でガマの油を商っている。それもまた、左内にとっては己を究《きわ》める道なのであろう。

「さて、国元の出が、いまひとり、鋳掛屋の二平《にへい》であるが、この者はわしが選んだのではない。殿よりの推挙があったのじゃ」

「と申されますと」

「殿が初めてお国入りなされた十一年前、国元の家臣一同が殿を歓迎いたした。そこで鉄砲方の妙技が披露されたが、中に恐ろしく腕の優れた射撃手がいたとのこと。殿が申されるには、動く標的を古式の火縄銃で次々と命中させた。身分は軽輩の鉄砲足《てっぽうあし》軽《がる》であったが、その素早い手さばきと正確さに感嘆なされて、殿は褒美として鉄扇《てっせん》をお与えになった」

「その鉄砲足軽が」

「奥田源五兵衛《おくだげんごべえ》、鋳掛屋の二平じゃ」

「おお、これはまた、いかめしい名でございますな」

「その後、鉄砲方は廃止となった。隠密を選んでいる際、殿は鉄砲方の炭団《たどん》小僧はいかがしておる、そう申されたので調べてみると、江戸の本所で下屋敷の武器庫の番人をいたしておった。親兄弟も妻子もなく、武器庫でも影が薄かった」

勘兵衛は二平の顔を思い浮かべる。小柄で色黒で丸顔、たしかに炭団を思わせる。

歳は四十そこそこなので、小僧はどうかと思うが、本人はいたって謙虚。その炭団小僧こと二平が奥田源五兵衛とは。鉄砲、弓、吹き矢まで飛び道具を自在に操り、長屋の空き店には田島半太夫の指図で下屋敷から密かに武具や火薬が運び込まれ隠されている。二平はあらゆる武器に精通し、火の扱いが得意で表の稼業は鞴《ふいご》を使う鋳掛屋である。殿より直々《じきじき》にお声がかかるとは、炭団小僧、たいしたものだ。

「勘兵衛、これら六名の者とそのほうが家中から隠密として選ばれた藩士である」

藤巻主計、秋山彦三郎、岩瀬佐平治、大谷一太郎、村上平八郎、奥田源五兵衛。なるほど、勘兵衛は初めてみなの名を知った。

昨年の八月に顔合わせしたとき、大工の半次や小間物屋の徳次郎や鋳掛屋の二平や箸職人の熊吉、どこからどう見ても町人で武士には見えなかった。易者の玄信は武士らしい風格を残しており、浪人の左内だけは武士そのものだったが、元の名は六名ともそれぞれいかめしい。浪人橘左内の名にそのような訳があったとは、見上げたものである。権田又十郎が勘兵衛になったのは、勘定方だから勘兵衛がよかろうと殿より賜った名である。安直だが、今は気に入っている。

「して、ご家老。弥太郎とそれなるお京は」

「わしの子飼いの忍びゆえ、二名については不問といたせ」

忍びとして生まれ育ったお京と弥太郎、おそらく本名ではなく、その都度名を変えてきたのであろう。年齢も定かではない。

「大家さん、ごめんなさいね。今後も女髪結のお京でいいでしょ」

「うん、いいともお京さん。ご家老、あともうひとり。忘れてはなりません。お抱え医師の寡婦《かふ》のお梅ですが」

三

田所町の勘兵衛長屋で一番の年長は還暦を三年ほど過ぎたお梅である。早寝早起きなのでいつも明け六つ過ぎると長屋の木戸を開けるのが役目になっている。産婆を生業にしており、九尺二間の一室は清潔で、出産に必要な道具類の他、引き出しのたくさんついた百味《ひやくみ》簞笥《だんす》に様々な薬種が保管され、調薬用の薬研《やげん》、薬匙《やくさじ》、乳鉢《にゆうばち》なども整理整頓されている。赤子を取り上げるには、技術と経験が大事だが、医術の心得があれば、さらに難産などの危険は減少する。

井筒屋作左衛門の紹介で産婆の組合に入れてもらい、昨年の八月から田所町の長屋で開業することになったが、産婆の看板を出しているわけではなく、組合から産み月の近づいた妊婦を紹介されて、往診して様子を確かめ、産気づいたとの知らせがあれば、出向いていく。この長屋で直《じか》に赤子を取り上げることはない。

男女が結ばれれば、夫婦でなくとも女が孕《はら》むことはあり得る。産婆が活動する地域はそれぞれ決まっており、遠方には呼ばれない。頼まれるのは近隣の町内。身分のある武家は産婆ではなく産科の心得のある女医者が診ることが多い。女医者といっても女ではない。女の患者を専門とする男の医者が女医者であり、女が医者になることはないのだ。夫婦でもなく産みたくないのにできてしまった場合もけっこうあるので、女医者の中には堕胎を行う中条流《ちゅうじょうりゅう》の医者もおり、産婆の中にも闇で密かに堕ろすのを請け負う者もいる。

今は勘兵衛長屋の産婆として、お梅と名乗っているが、元は飯田町《いいだまち》の医師、杉岡《すぎおか》凌伯《りょうはく》のひとり娘として生まれ、名はお福《ふく》であった。

凌伯は名医として名高く、杉岡家は小石川《こいしかわ》の小栗藩松平家江戸屋敷に代々仕える御典医の家柄である。医者として格が最も高いのは将軍家の奥医師《おくいし》、次が大名家の御典医であり、お殿様の脈をとる御典医の身分は小栗藩ではそこそこに高く、主君とその家族の様子をうかがい、日頃の養生を勧め、不調を訴える奥女中の診療にもあたる。凌伯は先代主君や奥方、当時若君であった若狭介、奥向きの女中たちの病《やまい》を防ぐため心を配り、病状が見つかれば療治に専念した。士分として藩から禄をいただいているが、それとは別に飯田町の屋敷を診療に使うことも許され、訪れる患者は身分にかかわりなく応対し、必要な処置を講じた。

お福は幼い頃から病に取り組む父を尊敬し、物心ついた頃から父の仕事に興味を持ち、長ずるに療治を横から手伝い、運ばれた病人を看護することもあった。女が医者の修業をするなどあり得ないが、父は喜んでお福に医術の基礎を教授した。杉岡家は内科の本道《ほんどう》が専門であったので、お福は五臓の仕組みや病の種類を覚えた。病には四百もの種類があるといわれる。頭痛、腹痛、風邪《かぜ》、疝気《せんき》、癪《しやく》、脚気《かつけ》、眼病などの見分け方、療治の手順、薬種の調合など、弟子たちに交じって医術の手ほどきを受け、みるみる上達した。いざというとき役立つだろうと、凌伯はお福に産科と外科と本草《ほんぞう》も一通り学ばせる。母から家事を習い覚えるよりも、医術の習得がはるかに面白い。

「おまえが男ならよかったのにな」

「女では医者にはなれませぬか」

青く剃り上げた坊主頭を撫でながら苦笑する凌伯。

「病にかかれば人は弱って苦しむ。放置すれば命を失うこともある。快復の手助けをするのが医者の役目だ。中には治癒する見込みのない大病や手遅れの病人もいる。療治で治れば喜ばれるが、高い薬料を取りながら治せなければ、恨まれることすらある。見放さず、苦しみを和らげ、最期まで看取る。病人に安らかな死を迎えさせるのも医者の仕事であり、死病と戦うのは男でも過酷な激務であるぞ」

「父上のやっておられること、幼い頃よりお側《そば》で見ております。女の身で医者がかなわぬのなら、せめてお手伝いなりとも」

凌伯は満足そうに微笑《ほほえ》む。

「そうじゃな。親の目から見ても、おまえは筋がいい。だが、いくら武芸が強くても女が武士になれぬのと同様、女は医者にはなれぬ。御典医としてお大名にお仕えするなら、頭を丸めねばならぬぞ。ふふ、おまえ、頭を剃ってまで医者にはなりたくなかろう」

「まあっ、意地の悪い父上」

お福は頭を押さえて顔をしかめる。

「せいぜい、腕のいい医者を連れ合いにすることだな。そろそろおまえも年頃、というより来年は二十《はたち》になる。医術にかまけて、とうに行き遅れておるぞ。杉岡の家名を継がせるにあたって、ふさわしい婿を迎えるときがまいったようじゃ」

当時の杉岡家には五人の見習い弟子が住み込んでいた。ふたりは町医者の息子、ひとりは御家人《ごけにん》の次男、ひとりは大店の薬種商のせがれ、もうひとりは下総《しもうさ》の農家の三男。みな凌伯の名声を慕って弟子入りした門弟たちで、医者を目指している。

「お福、五人の中からだれか選ぶか。意中の者はおるかな」

「存じません」

お福は赤らむ頬を袖で隠した。

杉岡家のひとり娘の婿になれば、凌伯の跡取りとして、小栗藩江戸屋敷お抱えとなり、医者としての将来は明るい。

凌伯は思案する。さて、五人のうち、だれを選ぼうか。みながみな婿になりたがれば、競い合いとなり、血の雨は降らずとも、負けた者たちは勝ったひとりを怨み、あとあと面倒なことになるかもしれぬ。

まあ、いずれにせよ、決めねばならぬ。お福はだれでもいいらしいが、そこがよけいに難しい。

病のことなら、なんでもよくわかり、的確に判断を下す凌伯だが、娘の婚姻の相手となると、悩んでしまう。こうなれば、下手《へた》な小細工を弄《ろう》するよりも、心を開いて、みなの気持ちを確かめるしかあるまい。一同を集めて訊けば、お互い遠慮するなり、警戒するなりして素直になれないだろう。

そこで弟子入りした順番に、ひとりひとり呼び出して、婿になる気はないかと尋ねることにした。承諾した者の中からお福にひとり選ばせればいいだろう。まずは一番年長で療治の筋もいい町医者のせがれから。

「わたくしがお福さんの婿でございますか。おお、なんともありがたい身に余るお話でございますな。となりますと、先生の跡取り、杉岡の御家のご高名をこのわたくしが継ぐことになりましょう。小栗藩の御典医、これほどの栄えある身分、一介の町医者のせがれに過ぎぬこのわたくしを選んでくださいますとは、光栄に存じます。ですが、しがない町医者であっても、わたくしは父の跡を継がねばなりません。年長ゆえ、わたくしにお声をかけてくださったのでしょうが、ご当家にはわたくしよりも優れた者がおりましょう。弟子入りの時期はわたくしより遅くとも、その者にこのありがたいお話、譲りたいと存じます。いかがでございましょうか。わたくしは先生から学んだ医術の腕で町医者として、市井の人々の力になりたいのですが」

なるほど。御典医として大名家に仕えるよりも、町医者として世のため人のために尽くしたいという心がけは立派なものだ。

次に声をかけた弟子も町医者のせがれであり、驚いたことに最初の弟子とまったく同じ返答であった。町医者のせがれ、ふたりとも出世を望まず、町の人々を病から救いたいために医術を学んでいるとは。

　そこで次の弟子、御家人の次男に尋ねてみた。直参とはいえ、小身《しょうしん》の冷や飯食いであり、出世の手づると思って医術を学んでいるのだろう。武芸と学問も多少は身につけている。

「わたくしがお福殿の婿に。さようでございますか。身に余るありがたいお話でございます。となれば、いずれ、先生の跡を継いで、小栗藩の藩邸に出仕となりましょう。わたくし、弟子になりました時期は早うございますが、まだまだ若輩。先生から多くのことを学び、さらに深く医術を究めたいと存じまして、実は長崎《ながさき》遊学を願っておるところです。もったいないお話を断り勝手な言い分、お気に障られたのなら、どうぞ、破門なされてくださりませ」

　そこで薬種屋のせがれに声をかけた。

「お嬢さんの婿ですって。わっ、ご冗談でしょ。医術を学んでおりますのは、商売の足しになればとのことで、とてもとても、あたしにはお屋敷に勤めてお殿様の脈をとるなんて、どだい無理でございます。さらに申し上げますれば、親の決めた許嫁《いいなずけ》がおりますので、どうぞご勘弁願います」

　どいつもこいつも、婿の座を競い合うどころか、そろって申し出を断るつもりなのか。四人の弟子に続けて辞退された凌伯は、ふと考える。それぞれ身の程をわきまえて大名家の御典医を遠慮するとのことだが、はたしてそうであろうか。

親の欲目もあり、気づかなかったが、ふと思い当たることもある。お福と夫婦になりたくないというのが弟子たちの本音ではなかろうか。美形ではなくとも、見目は決して悪くはない。体も丈夫で才知もある。が、女房にするにはどうであろう。

男女の婚姻は長屋住まいの庶民はいざしらず、武家にせよ上流の商家にせよ、本人同士が惚れあって夫婦になるわけではない。家と家のつり合いから親が決め、子は従うのが常道。お互い悪い噂がないか確かめた上で、見合いの席を設けるのは既に正式な決定である。縁組が決まってしまえば、相手の外見や人柄に文句は言えない。

四人の弟子が続けて話を断ったこと、お福は知らない。凌伯は頭を抱える。強《し》いていえば、お福は医術が上出来過ぎる。弟子たちのだれよりも熱心であり、そこが気に入って凌伯は細かく指導した。自分の知識や技術を血を分けた子に伝えたかった。男の兄弟でもいればよかったのだが、ひとり娘なので仕方がない。

お福の気性には我儘なところがある。凌伯が甘やかし過ぎたのも大きい。好きな医術の修練は怠らないが、家事はいっさいやらない。台所仕事は母親が奉公人の女中たちを指図して切り回しており、お福は母に言われても、台所に入ったこともない。

針仕事もせず、娘らしい華やかな着物にも興味がない。髪型にも気を使わない。ただし掃除は女中任せにせず、身の回りを清潔に保ち、整理整頓は徹底している。

医者は常に身ぎれいでなければならぬ。その信念を守り、近隣の外出から戻れば必ず手を洗う。厠《かわや》から出たあとも、食事の前も手を洗う。手を洗わない弟子がいれば、睨みつけて叱責する。

「あなた、それでもお医師になるおつもりですか」

言われた弟子は身をすくめて、ぺこぺこと謝《あやま》る。まるで古参の兄弟子に厳しく叱りつけられているようだ。

凌伯ははっとする。四人の弟子たちが続けて縁組を断ったのは、お福の気性を恐れてのことか。さらに、お福の医術の腕前に気後《きおく》れしているのかもしれぬ。

それでも最後の五番目の弟子、下総の百姓の三男で少しおっとりしている安兵衛《やすべえ》に声をかけた。

「どうじゃ、安兵衛。おまえもこのところ、腕をあげたようだが、この先、医者として身を立てるについて、なにか考えがあるのか。国に帰って開業するか、また、村に言い交した女子でもいるのか」

「いいえ、先生。わたくしの家は庄屋でございますが、上の兄が跡を継ぎ、次の兄は田畑をいくらか分けられ分家いたします。三男のわたくしが先生の下で医術の見習いをさせていただくにつきましては、いくばくかの費用は出してくれましたが、医者になれても村で開業するつもりはございません。村に言い交した相手もおらず、なんとか江戸で独り立ちいたしとうございます」

「さようか。江戸で医者になりたいのじゃな」

「はい、できますれば。村には帰りとうございません」

凌伯はうなずく。

「どうじゃな、安兵衛。おまえ、うちのお福をどう思う」

「はあ、お福さんでございますか。しっかりしておられて、わたくし、まだまだ、かないません」

「たしかにあの気性じゃからのう。厳しく叱られることもあろう、頭が上がらぬか」

「はは、手厳しいところはございますが、それも医術の勉学の上でのこと」

「お福が怖くないのか」

「いえいえ、村におりましたときには、ふたりの兄から罵《ののし》られ、殴られ、こきつかわれて、百姓仕事がいやになりました。それを思うと、ここは極楽でございます。お福さんのお小言、ありがたいご助言と思っております」

「ほう、おまえ、ここに来て二年になるのう。いくつになった」

「二十でございます。来年の春には二十一。まだまだ精進が足りませぬ」

「二十一か。お福とはひとつ違いじゃな。安兵衛、おまえ、お福の婿になって、この家を継ぐ気はないか」

「ひええっ」

　安兵衛は驚きのあまり、のけぞった。

「このわたくしがでございますか。とんでもない。庄屋とは申せ、百姓でございます。ご当家を継ぐということは、小石川のお殿様の脈をとることになりましょう。畏れ多いことにございます」

　凌伯はじっと安兵衛を見つめる。

「うむ。人の病を扱う医者は家柄よりも腕が大事。腕がよければ身分にかかわらず出世が叶う。おまえは筋がいい。百姓の出を卑下することはない。わしがこの先、みっちりと仕込んで、立派な医師にしてやろう」

「しかし、まだ弟子になって二年、そんなわたくしが兄弟子たちを差し置いてご当家の婿になるなどとは」

「遠慮はいらん。実を申せば、他の者たちにはみな断られて、おまえが最後の望みなのじゃ」

「へええ、驚きました。他のみなさんがお断りに。さようでございますか」

「このこと、お福には言うでないぞ」

「口が裂けても申しません」

「それともなにか。おまえ、お福が相手では不足か」

「とんでもない。口では厳しいことをおっしゃいますが、細かいところによく気のつくお優しいお方と思っております」

「では、婿になること、承知なのじゃな」

「ははあ」

安兵衛は深く頭を下げる。

「ありがたくお受けいたしとう存じます。ですが、お福さんのお気持ちはいかがでございましょう」

「なあに、その心配はいらん」

こうして話はとんとん拍子に進んだ。お福も相手が安兵衛と決まり、安堵した。町医者のせがれは、ふたりとも医術に関して張り合い、熱心なお福に対して対抗心があり過ぎて、ついぎくしゃくしてしまう。御家人の次男はお福より年下なのに気位が高く、直参を鼻にかけ、女が医術を志すなどあり得ないと見下した態度をとる。薬種屋のせがれは腕が上達せず、杉岡家の跡取りとして物足りない。安兵衛ならば、医術の筋もよく、気性も穏やかで、少々きついことを言っても、反発せずに素直に従ってくれそうだ。

縁組がまとまり、翌年の春、下総の村から安兵衛の両親とふたりの兄が飯田町に招かれ、盛大な祝言の宴が開かれた。米俵が届けられ、親子兄弟が手を取り合うのを見て、お福の心も喜びに満ちた。

婿となった安兵衛は杉岡凌安《りょうあん》と名乗り、御典医の見習いとなり、四人の兄弟子たちは凌安を侮《あなど》ることなく、若先生と呼び、これまで通り親しく接した。それも凌安の穏やかな気性ゆえであろう。やがて凌安の兄弟子たちもそれぞれ独立し、新しい弟子と入れ替わった。

凌伯は娘婿に医療の技術を存分に伝え、隠居を願い出た。義父ほどの名声はないにせよ、凌安も小栗藩江戸屋敷の御典医として出仕し、飯田町でも訪れる患者を診療した。少々難しい病の場合、横から隠居の凌伯が口を出し、お福がなにかと手助けをする。それもまた、仲のいい鴛鴦《おしどり》夫婦なればこそと、近隣で評判になったほどである。

ふたりの間になかなか子ができず、男子が誕生したのはお福が二十八、凌安が二十九のときで、当時としては高齢の出産であったが、息子は安五郎《やすごろう》と名付けられすくすくと育った。孫の顔を見て安心したのか、悠々自適の隠居であった凌伯は、還暦過ぎて体調を崩し床につく。

お福はまだ元気な母にあれこれ指図しながら、終日父につきっきりで世話をし、一日に二度、朝と夜に凌安が見舞って脈をとった。

徐々に衰弱していく老体に打つ手はなく、いよいよ死期を悟った凌伯の枕元に妻女、娘夫婦、孫が顔を揃えた。

「大病もせず、この歳まで生きられたのは、満足すべきであろう。医者の本分は病を治すことだが、医者のいない世の中こそがほんとうは望ましい。病などない医者いらずの世の中、それは夢かのう。凌安、お福、医術の腕が優れようとも決して驕《おご》ってはならぬぞ。人にはそれぞれ天が決めた定命《じようみよう》がある。それが尽きれば」

そのあとの言葉は続かなかった。

「父上っ」

これといった持病もなく、苦しみもせず、安らかな笑顔の最期であった。

「お福や。お父様は幸せな最期でしたね」

母が言った。

「あたくしのときも、看取っておくれ。お迎えは、そう先ではありませんから」

そう言いながらも、母はその後、十年は生きた。思えば、お福は父にばかり懐いて、母とはあまり打ち解けなかった。母にとって、あまりいい娘ではなかった。それが少し心残りである。

凌安は順調に小栗藩松平家の御典医を勤め、安五郎に医術の手ほどきをしたが、横からお福が頻繁に口を出し、手も出した。

「あなた、そこはそうではありません。安五郎、ここはこういたさねば」

「おお、そうであった。安五郎、わかったか」

「はい、父上」

元服ののち、安五郎は凌順《りょうじゅん》と名乗り、他の弟子とともに医術を学んだ。気性は母のお福に似て、頑固で我儘なところがあり、内弟子たちとも距離を置き、やがて父の凌安に従って見習いとして藩邸に出仕し、門弟や飯田町の患者から若先生と呼ばれるようになる。

五十半ばで凌安が健康を損ねた。頭痛が治まらず、しばらく休んで仕事は凌順と弟子たちに任せ、快復してはまた休む繰り返しであった。お福が診ようとしても、大事ないと笑って済ませる。一見おっとりしているが、人知れず無理をしていた。自分にもっと医術の腕があれば、義父の定命を延ばせたかもしれない。百姓あがりと呼ばれたくない。いつまでたっても、妻や義父の腕を越えられない。そんな悩みを妻に打ち明けるわけにもいかず、心が弱っていた。

「わしの目の黒い今のうちに、凌順に嫁を迎えたい」

凌安に言われ、お福が仲人の心当たりを考えていると、凌順が打ち明けた。妻に迎えたい女がいると。奥手で二十九になるまで縁談がなかった。好きな女のひとりやふたり、どこかにいてもおかしくない。相手はと問えば、旗本の娘、ふとしたことで知り合い、お互いに憎からず思っているとのこと。とんとん拍子に話が進み、翌年に祝言となる。

それから間もなく、凌安は寝込んだ。お福は手を尽くしたが、とうとう別れのときがきた。

「百姓あがりのわしがお大名の御典医となり、せがれの嫁がお旗本のお嬢様とは、思い残すことはない。お福、わしはおまえといっしょになって、この上ない幸せな一生を送ることができたよ。ありがとう」

「あなた、あたくしも幸せでございました」

お福に手を握られ、凌安は優しく微笑みながら、目を閉じた。

凌順が杉岡家の当主となり、妻の加代《かよ》は飯田町の屋敷のご新造となった。お福はもともと家事が苦手で、母が死んでからは台所をはじめとして、すべてを古くからの女中お常《つね》に任せていた。お常はお福が若い頃から奉公しており、気心が知れ仲がいい。嫁にも行かず、今では杉岡家の女中頭になっていた。

「お福お嬢様、いいえ、ご隠居様」

居間で書見していると、お常が声をかけてきた。

「お常、どうしたの」

「長々とお世話になりました。お暇をいただくことにいたします」

藪《やぶ》から棒に驚く。

「お暇って、どういうことなの」

「いい歳をして、いつまでも奉公というわけにもまいりませず」

「だめですよ。まだ、おまえにはいろいろとやってほしいことがあるのに」

「あとのことは、ご新造様が心得ておられますので」

「だけど、おまえ、行くあてはあるのかい」

「はい、血をわけた妹がひとり、本所の尼寺でひっそりと暮らしておりまして、そこを訪ねようかと」

「おまえ、尼さんになるのかい」

「いいえ、尼寺も下働きの女中がいれば便利だから、気が向いたらいらっしゃいなと、気のいい妹でございます。お福お嬢様もそのうち、遊びにお越しくださいな」

いつの間にか古手の女中たちはいなくなり、加代が新しく雇った奉公人ばかりになっていた。

代替わりなら、それも仕方のない話。台所や奥向きは加代に任せても、お福は隠居とはいえ、まだまだ腕は鈍っていない。療治を願い出る病人の手当を続けた。

「母上様」

加代が言う。

「病人を診るのはおよしくださいませ」

「なんですと。病人を診るなと」

「はい、旦那様と門弟たちにお任せください。お歳を召された母上様が女だてらに病人に近づくなどとは、あまりに、はしたのうございます」

「お加代殿、あたくしが、はしたないと申されるか」

「はい、申します」

お福は幼い頃から医術以外になんの楽しみもなかった。父は医術を伝授してくれ、夫は療治を手伝わせてくれた。この期に及んで、病人を診てはならぬと。

そこでせがれ淩順にそれとなく訴える。

「なにを申されますか、母上。加代は母上を心配しておるのですぞ。もし悪い病をうつされでもなされたら、目もあてられませぬ。それこそ医者の不養生とそしられまする。そうなれば、杉岡の名にも瑕《きず》がつくとは思われませぬか」

淩順はすっかり嫁の尻に敷かれている。なにからなにまで女房の言いなりではないか。

「わかりました。二度と療治に口も手も出しません。今後はあたしを当てにしないでおくれ」

そのうち、加代が身ごもり、口うるさいのがしばらく静かになった。産科の心得はあったが、お福は産所には決して近寄らなかった。

生まれた赤子は女の子。美代《みよ》と名付けられ、お福も初孫として大いに可愛がった。美代もお福に懐いて、甘えてくる。すると、加代が目を剝く。

「母上様、美代を甘やかさぬようお願いいたします」

「なんと言われる」

「当家はお大名の御典医、立派な士分でございます。武家の娘として厳しく育てねばなりませぬ。そのようにべたべたと甘やかしては、後々、我儘で頑固な気質となりましょう」

まあ、我儘で頑固な気質、あたくしのこと、あてこすっているのか。

「わかりました。子守の真似事など、もういっさいいたしません。泣こうがわめこうが、知りませんからね」

そんなことが続き、飯田町の屋敷の居心地が悪くて仕方がない。いっしょに食事をとるのも不愉快なので、女中に言いつけて居間に運ばせてひとりで済ませる。ああ、味気ない。仏壇に手を合わせる。父上、そしてあなた、どうして優しい人はみんな先に亡くなってしまうのかしら。いっそ、あたくしもこの世から消えてしまおうかしら。そうだわ。お常が言ってた本所の尼寺、たしか荒井町《あらいちょう》の善寿庵だったわね。

四

柳橋の茶屋に呼ばれた勘兵衛は、江戸家老の田島半太夫、地本問屋の井筒屋作左衛門、女髪結お京の三人から長屋の店子たちの以前の名前、係累、隠密に加わったいきさつを次々と明かされた。

九人のうち六名は小栗藩士、二名は江戸家老の子飼いの忍び、あとひとり、産婆のお梅は御典医の寡婦であった。

「ほう、お梅さんの元の名がお福さんですか」

勘兵衛はお梅の本名を初めて知った。

「はい」

お京がうなずく。

「御典医の杉岡凌安先生のご新造様でした」

「わたしは勘定方でしたから、奥向きとは縁がありませんが、凌安先生でしたら、お屋敷で何度かお見かけしたことがありますよ。穏やかで落ち着いた風情のお方でしたな。御典医は江戸藩邸では今は杉岡家だけですから、お抱え医師の後家と聞いておりましたので、お梅さんの御亭主は凌安先生だと察しておりました」

「今の御典医凌順先生のお母上です。以前は飯田町のお宅で病人の診立てもされていて、お福さんは凌安先生の診療を手伝っておいででした」

「昨年の顔合わせのとき、医術の腕が並みの医者より優れていて、薬草にも詳しいとは聞いております」

「それもそのはず、凌安先生はご養子ですから、お福さんは名医と名高い杉岡凌伯先生のお嬢さんとして生まれ育ち、お父上からみっちりと医術を仕込まれなさったそうです」

「ほう」

勘兵衛はさらに驚く。

「そうだったんですか。それは知らなかった。お梅さんは名医の娘御《むすめご》だったんですね」

「飯田町界隈じゃ、凌安先生よりご新造のほうが腕がよかったとの、もっぱらの噂ですから」

元の名がお梅ではなくお福、今後は梅干し婆さんなんて侮れないな。むしろ、福の神として崇めなければ。

「なるほどねえ。で、わたしが聞いた話では、ご亭主の先生が亡くなられてから、せがれ夫婦と折り合いが悪くなり、家を飛び出し、そこで隠密長屋に誘われたとのことですが」

「さよう」

田島半太夫がうなずく。

「一昨年、凌順より届けがあってのう。母の福が家を出奔し、行方がわからぬと。お福の医術の腕、本道ばかりか外科や産科、眼病にも造詣が深く、本草にも詳しく調薬もできると、以前より耳にしておった。出奔のわけはわからぬが、昨年の春に家中から隠密の選出に取り組んでおったので、ふと思い出したのじゃ。名人並みの医術の腕前、使えるかもしれぬと。そこでお京に探索を命じた」

「はい。歳は還暦を過ぎているとのこと、どこかで行き倒れにでもなっていれば目も当てられません。飯田町の周辺を探りますと、たいそう評判がよく、いつも元気で若々しいとの噂。ならば、どうして家を出たのか。そこでわかりましたのが、せがれ夫婦との不仲。凌順先生はお福さんよりご新造のお加代さんの肩を持ち、お福さんに患者の診療を禁じ、気心の知れた奉公人はみんな暇を出し、居場所がなくなっての家出だとわかりました」

「ほう、そういうわけですか。なるほど。嫁と姑《しゅうとめ》との確執、どこにでもありそうな話ですなあ」

「凌順はいささか孝行に欠けるようじゃ」

　半太夫は顔をしかめる。

「届け出はあったが、それだけで、母親の探索はなにもしておらぬ様子。うるさい頭の上のこぶがいなくなり、ほっとしておるのか。そこでわしはお京に命じた。お福を内々に探し出すようにと」

「どこから探していいか、ちょいと手間取りました。以前の門弟で医者になっているところ。お福さんが世話した病人の伝手《つて》。お福さんはあれで、けっこう我儘なところがあり、人の好き嫌いの多い人だとわかりましたが、仲のよかった人がなかなか見つかりません。そこで手掛かりになったのが、暇を出された奉公人たち、あたってみますと、一番仲のよかったのが古参の女中頭のお常とわかりました」

お京が手を尽くして、本所の尼寺に行きついたのは昨年の四月のことである。飯田町の元女中頭お常が身を寄せていたのが善寿庵であった。お常の妹のお滝《たき》が尼になっており、屋敷を出された姉を呼び寄せたのだ。さほど大きな尼寺ではないが、たまま下働きの女中が辞めた時期と重なって、都合がよかった。医者の屋敷で女中頭をしていただけあり、お常はよく働く。庵主も尼僧たちもお常をありがたがり、家事全般を任せていた。

せがれ夫婦と折り合い悪く、家をぷいと飛び出し、行くあてのないお福が頼ったのが善寿庵のお常だった。庵主の春慶尼《しゅんけいに》は歳は五十過ぎ、身分のある武家の出らしく気品はあるが、格式ばったことにとらわれず気さくで温厚、お常をすんなり迎え入れたように、快くお福も受け入れてくれた。

武家地と寺社地と町人地の入り組んだ荒井町にある善寿庵では、時おり、近隣の貧しい町人に施しをしていたが、中には体調を崩して弱りながらも医者にかかる薬料がない人もいる。お福は親身になって相談に乗り、薬を与え、養生の仕方を伝え、庵主や尼僧たちに重宝がられていた。

「そのこと、ご家老にお伝えしますと」

「ぜひとも会ってみたいと申したのじゃ」

お京は善寿庵にお福を訪ね、江戸家老田島半太夫の意向を伝えた。

「ご家老様があたくしのような世捨て人にお会いなさりたいと仰せですか。解せませんなあ。女の身ゆえ、あたくし、お医師にはなれませんでしたが、そろそろ頭だけは丸めようかと思っております。まあ、不肖《ふしょう》のせがれがお屋敷でお世話になっておりますことゆえ、お目にかかるだけは、お目にかかりましょう」

日を置いて、お京の案内でお福が半太夫と面談したのが、柳橋のこの茶屋であった。

「お福よ。そのほうの医術の腕、お家のため、いや、世のため人のために役立ててみる気はないか」

「あたくしは身内にも見放された世捨て人でございます。世のため人のためなどと、そのような大層な真似はできかねまする」

「うむ。世捨て人なればこそ、内々に役立つ手立てがあると申せば、引き受けてくれぬか。実はのう」

老中となった殿のために、名を捨て、隠密として町の長屋に暮らしながら、世直しの仕事を密かに行う案件。聞いてお福は仰天するが、この先、尼となって仏門に入って静かに余生を送るよりも、やりがいがあるように思えた。

後日、お忍びの主君、松平若狭介に再びこの茶屋で拝謁し、謹んで隠密を引き受ける。

「おお、お福、やってくれるか」

「ははあ、老い先短うございますが、命に代えまして、お受けいたします」

「いや、命を粗末にしてはならぬぞ。そのほうの医術と本草の知恵、存分に活かして、長生きいたせ」

「ありがたきお言葉、承知いたしました」

お福は尼寺の一同に別れを告げた。

「みなさま、お世話になりました。みんないい人たちばかりで、とても居心地がよく、つい長居してしまいました」

「なんの、お世話になったのはわたくしたちです。お福様、またいつでもお気が向かれましたなら、お運びください。お待ちしております」

「ありがとう存じます。飯田町には戻らず、遠縁のもとにまいりますが、はい、またすぐに戻ってくるかもしれませんので、そのときはどうぞよろしくお願い申します」

「お福お嬢様。お名残り惜しゅうございます。どうかお元気で」

「お常、ほんとになにからなにまで世話になりました。おまえも元気でね」

お福はお京に案内され、通旅籠町の井筒屋作左衛門を訪ねた。

「八月に普請が終わりますので、田所町の長屋に他のみなさんといっしょに住んでいただきますが、元ご家中の方々で、名前も変え、町人としての稼業もそれぞれ身につけてもらっております。お福さん、医術がお得意とのことですが、それを活かした生業、いかがですかな」

「女の身では医者にはなれません。鍼《はり》も灸《きゆう》も按摩《あんま》も薬売りも女に向いているとも思えず、さて、いかがいたしましょう」

横からお京が口を出す。

「お福さん、医術は一通り、本道も外科も眼病も習得なされたとうかがっております。それに産科もおできになるでしょう。産婆はどうでしょう」

「まあ、お京さん、よいところに気がつかれました。飯田町では病人が多くて、産み月の人をあまり診ることはありませんでしたが、もちろん、赤子を取り上げたこと、何度もございます」

「おお、それはよろしゅうございますな」

作左衛門は納得した。

「産婆ならば、裏長屋に暮らしていてもおかしくありません。産科の心得がおありでしたら、わたしが手配して、産婆の組合にご紹介いたします」

「おお、そのような組合があるのですか」

「江戸の下町にはなんでもございますよ」

「では、よろしくお願い申します」

町で顔の利く作左衛門が請け人となって、とりあえずお梅と名を変え、米沢町《よねざわちょう》の長屋に居を移し、産婆を始めることになった。最初はなかなか仕事はこない。ようやく町内に産気づいた魚屋の女房がいて呼ばれる。産科の心得はあり、飯田町でも診たことがあるので、無事に取り上げて喜ばれ、ほっと胸を撫でおろす。難産でなくてよかった。

八月になり、田所町の長屋が完成する頃には、すっかり町の暮らしが身につき、赤子も何人も取り上げ、言葉も近隣の商家のおかみさんと変わらなくなっていた。

「というわけで、お福さん改めお梅さんも長屋の一員となりまして、九人が顔を揃えて、大家さんをお迎えしたのが、八月上旬でした」

「そうでしたね、井筒屋さん。長屋のみんなが見事に町の住人になりきっていて、驚きましたよ」

　勘兵衛はひとりひとりの顔を思い浮かべる。みんなそれぞれ優れた異能の持ち主である。しかも、元藩士の六名は近親の者もおらず、さほど親しい同輩もなく、それゆえ隠密としてふさわしい。お京と弥太郎は忍びゆえ、係累はない。

「お梅だけは、飯田町に身内がおり、尼寺には親しい者もいるとのこと。その点は隠密として大事ないのでしょうか」

「そうじゃなあ」

　田島半太夫はうなずく。

「せがれ夫婦は疎遠、孫はもう顔も忘れているかもしれん。尼寺の者たちも、余計な詮索はいたさぬであろう。市井の裏長屋で暮らす独り身の産婆。よいではないか」

「ならば、それでよろしゅうございましょう。お梅も本草の知恵を活かして、大いに役立っております。先月は徳次郎のかつての不義の相手、これを本所の尼寺に隠すために、働いてくれました」

「そうであったな」

「わたくしは本日、今まで知らずにいた長屋一同の元の名前や係累もうかがいまして、みなのしがらみの有無など、たいていは飲み込みました」

「勘兵衛。そのことはここにいるわれわれだけの心の内にとめておくがよい。みなには知らせぬことじゃ」

「はい。あと、少しだけ、気になることがございまして」

「なんじゃ、そのほう、元は勘定方だけに、まだなにか帳尻に合わぬことがあると申すか」

「些細なことかもしれませぬ。元藩士に近親はおらずとも、それとなく因縁のある者はおらぬかと。徳次郎の前に不義の相手が現れたように」

「それなら、大家さん」

お京が言う。

「あたしと弥太さんで、細かく調べましたから、まず大丈夫ですよ。どなたにもねんごろな女はおりません。徳さんだけは、どこかの女に岡惚れされているかもしれませんけど」

うなずく勘兵衛。

「女のことはいいとして、気になるのは浪人の橘左内と箸職人の熊吉。このふたりは以前に人を殺めております。橘左内こと村上平八郎殿は国元の真剣勝負で相手を倒しました。熊吉こと大谷一太郎殿は賄方の組頭と諍い、殺す気はなかったとしても相手は死んでおります。遺恨を持たれて、敵《かたき》として狙われるようなことになれば、いつか探し出されるかもしれませぬ」

「仇討《あだう》ちを心配しておるのか」

「いかなるわけがあろうとも、親を討たれれば、子は相手を恨むのではなかろうかと」

「村上平八郎が真剣勝負で倒した国元の御納戸役、高萩左近には生まれたばかりの男子があった」

「さようでございますな」

「あれから四年、今は五歳になっておる。殿は高萩の家を潰さぬよう国家老に伝えられ、隠居していた高萩の老父を復職させ、いずれ跡取りが家を継ぐであろう」

「殿の慈悲深いお心、感服いたしました。左内はそれでよいとして、熊吉はあのように大きく目立ちます。敵と狙われますれば、すぐに見つけ出されるのではございませぬか」

「大谷一太郎が倒した賄方の組頭は病死扱いとなり、不祥事は不問となった。組頭のお役は解かれたが、家名は跡取りが継いで潰れずに済み、賄方に出仕しておる。仇討免状の願いはどこからも出ておらぬ。安心いたせ」

「ならば、今のところ、隠密長屋を危うくするようなしがらみはございませんな」

「大事ない。今後もみなで力を合わせ、世直しに励んでくれ」

「ははあ、これで胸の内が晴れましてございます」

勘兵衛は深々と頭を下げる。

「ところで、お京よ」

「はい、ご家老様」

「そのほうが口を利いて狗に引き入れた幇間の銀八であるが、殿も面白がっておられる。その者、役に立ちそうかのう」

「まあ、銀の字はあたしが引き入れたわけじゃありませんが、盗っ人にしては、そう悪い人間にも思えず、町方の手に渡れば、長屋の秘密が漏れましょう。殺すのはいつでも殺せますが、ちょいとかわいそうな気もしまして、大家さんに相談したんです。ね、そうでしょ、大家さん」

勘兵衛は苦笑する。

「まあ、そんなところだよ」

「勘兵衛さん、その幇間、おまえさんを盗っ人の頭と思い込んで、吉原で散財する胡《う》散臭《さんくさ》い人間を品定めするとのことだが、前に聞いたけど、芸が不出来で芸者から相手にされないと言ってたね。大丈夫なのかい」

「井筒屋の旦那」

　お京が言う。

「おっしゃる通り、銀八の素性を確かめるために、吉原芸者のねえさんたちに話を聞いて回りましたが、あんまり評判はよくなくて、売れていない。小柄で見た目が貧相なので、旦那衆の引き立て役には向いているかもしれませんけど、なかなかお座敷もかからないという話でした」

「そんなので、役に立つのかい」

　作左衛門に言われて、お京は勘兵衛と顔を見合わせ、にっこり。

「あのまんまじゃ、役に立ちゃしませんよ。そこであたしが置屋《おきや》の女将《おかみ》さんたちに根回ししまして、売り込みました。銀八は芸は下手ですが、口はけっこううまいんで、本人にももっと芸者のねえさんたちに愛想よくするよう言いつけましたから、お座敷の声もかかるんじゃないでしょうか」

「さすがお京さん、顔が広いね」

「いやな井筒屋さん、忍びなのに顔が広くちゃ、困りもんですよ」

「まあ、よいではないか。幇間に限らず、またなにか、世直しの種があれば、知らせてまいれ。今宵は浮世を忘れて大いに酒を楽しもう」

「それがよろしゅうございますわ。でも、お福さん改めお梅さんがいつも言ってますよ。無病息災、まずは病を寄せつけないこと。日頃から不摂生を避ける。早寝早起き。無理せず体を適度に動かす。そしてなにより、お酒の飲み過ぎに注意。じゃ、あたし、追加を持ってまいります」

第二章　義賊の心得

一

いつ来ても吉原は賑やかでいいなあ。夜が更けてからもぱあっと明るくて。

銀八は少し前までは毎日、浅草《あさくさ》で酒を飲んでだらだらと過ごしていたが、このところ、吉原に通い始めた。だが、客で通っているわけではない。幇間として声がかかると、引手《ひきて》茶屋のお座敷で芸者衆に愛想を振りまき、旦那をおだてて持ち上げ、いい気持ちにさせる。三味線《しゃみせん》も弾けず、太鼓《たいこ》も拙《つたな》く、芸はたいしてうまくない。幇間が太鼓が下手《へた》では、洒落《しゃれ》にもならないが、口先だけはなんとか。

もちろん、好きで幇間をしているわけではない。たいこもち、あげての末のたいこもち。幇間になる前は客として通ったこともある。幇間になるにあたっては、形だけは師匠《ししょう》についたが、芸を習ったわけではなく、それとなくやり方を覚えたのだ。人に言えないよんどころない事情があった。さらに今、廓《くるわ》で必死にお座敷を勤めなければならないのにもわけがある。

大門《おおもん》をくぐる前に、田町《たまち》にある置屋の女将《おかみ》に挨拶し、お座敷の口のかかった引手茶屋を聞き、吉原に向かう。見返り柳を見上げ、人で賑わう仲之町《なかのちょう》を通って、目当ての店にたどり着く。

「おう、銀八さんだね。ご苦労さん」

「へい、お世話になります。にいさん、いつ見てもいい男っぷりですねえ」

「なに言ってんだよ。おまえさん、初めてだろ」

茶屋の番頭に頭を下げていると、女将が顔を出す。

「女将さん、ご機嫌よろしゅう」

「あら、銀八つぁんね、伊勢屋《いせや》の若旦那がお待ちかねよ」

「へへ、どうも、お座敷はどちらで」

「二階のとっつき、松の間《まつのま》」

「ありがたいっ」

扇子《せんす》で自分の額《ひたい》をぽんと叩く。

「ここんところ、ずっと閑《ひま》でしたから、今戸《いまど》でくすぶっておりまして、お声がかかるなんて久々で、なによりうれしゅうございます」

「お願いしますよ」

とんとんと二階にあがると、座敷では客が芸者の酌で一杯飲んでいる。

「いよっ、若旦那、お待たせいたしました。あたくしのようなふつつか者をお呼びくださり、ありがとう存じます」

入口に座って、扇子を前に置いて頭を下げる。

「ふふ、おまえさんが銀八かい。よく来たな。まあ、こっちへ入りな」

吉原の上客はいきなり花魁《おいらん》の待つ大見世《おおみせ》にはあがらず、引手茶屋で芸者や幇間をあげて景気をつけるのだ。伊勢屋の若旦那はびっくりするほどの美男で、貧相な銀八は少々気後れする。

「へい、お邪魔いたします。いやあ、若旦那、男が惚れるほどのいい男」

「ありがとよ。だけど、銀八、あたしはおまえには惚れられたくないね」

「心得ております。若旦那に惚れるのは、ねえさん方。ねえさん、いつ見ても艶《あで》やかでお美しゅうございますが、今夜はやけに色っぽいじゃありませんか。若旦那が粋だと、ねえさん方も色気が増すんでござんしょう。若旦那、これからあちらの大見世に繰り込む前に、もうこちらでお楽しみとは、憎いねえ」

「いやな、銀八つぁん、そりゃ、あたしだって若旦那のことは、好きで首ったけですけど、ここじゃ、色は売れないでしょ」

「そうですよねえ。若旦那は芸者のねえさん方にもてて、向こうで花魁にもてて、もててもてでもてとは、よっ、隅におけませんねえ」

「なに馬鹿なこと言ってるんだ。さ、こっちへ来て一杯やれ」

「おお、ありがとうございます。一杯でも二杯でも、若旦那のけっこうなお流れ、頂戴いたします」

「今日も暑いな」

「へい、暑うございますねえ」

扇子をぱっと開いて、若旦那を扇《あお》ぐ。

「暑いったらありませんや。なんでこう夏は暑いんでございましょう。いやになります。いっそ、憎い夏なんぞ、なければいいのに。あたくし、いやでいやでたまりません」

「だけど、もうすぐ秋になるぜ」

「さようでございますとも。秋はいいですねえ。秋にさえなれば、いっぺんに涼しくなりましょう」

「そんなことないよ。秋になっても七夕《たなばた》過ぎたって、けっこう暑いじゃないか」

「ほんとにその通りでございます。初秋の七月になってもまだまだ残暑が続きます。あたしは暑いのが苦手《にがて》でございます。秋なんぞすっ飛ばして、早く冬になりませんかねえ」

「あたしは冬は嫌いだ。寒いのは苦手だよ。暑いほうがまだましだ」

「そうですとも。冬はいけません。身も心も凍りつきます。陽気は夏に限りますねえ。夏の暑さもひとしお、やっぱり夏が一番。風情があってよろしゅうございます」

　横で芸者があきれる。

「なによ、銀八つぁん、夏がいいだの、冬がいいだの、ひとりで調子いいわねえ」

「はい、ねえさん、大切な若旦那のお座敷に呼ばれて、調子は絶好調でございます」

「銀八、じゃ、なにかやってみろ。調子のいいところで」

「へい、合点承知。ねえさん、お得意の三味《しゃみ》をお願いします。いよっ、蟹《かに》の横這いとございい」

　芸は拙くとも、なんとか必死で座敷を盛り上げる。それが幇間の役目なのだ。若旦那は大喜び。

かる。


「うまいっ。猿《さる》かと思えば蟹に見える。これがほんとの猿蟹合戦か」

「若旦那こそ、うまいことおっしゃいます。銀八、一本取られました」

「よし、じゃあ、今夜はあっちにも連れてってやろう」

「ほんとでございますか。ありがたいっ」

気に入られれば、旦那のお供で花魁の待つ妓楼にまでくっついていけて、おこぼれを頂戴できるのだ。そうなると、引手茶屋の受けもよくなり、お座敷の口も次々とかかる。


幇間の銀八、考えてみれば、そろそろいい歳である。いや、自分がいくつなのか、正確にはよくわからない。小柄で顔がくしゃくしゃ、貧相なので四十前後と思われがちだが、ほんとのところはまだ三十半ばぐらい。老けて見られるのはいっこうにかまわず、厄《やく》そこそこですねと言われても鷹揚に構えて訂正しない。歳ばかりか、生まれた場所もはっきりわからないのだ。

幇間の銀八を名乗るようになったのは、かれこれ四年前。それ以前は猿吉《さるきち》と呼ばれていた。それも生まれてすぐにつけられたほんとの名ではない。親の顔も満足に知らず、人別帳《にんべつちょう》など縁のない無宿渡世《むしゅくとせい》であった。

本人の記憶は定かではないが、生まれたのは街道筋の女郎宿《じょろうやど》らしい。母親は宿場女郎で、名前もわからない。女郎が孕《はら》めば、たいてい店で腹の子は始末する。赤子なんか産んでは商売にならないし、育てるわけにもいかない。当然だろう。

だが、母親はいたって丈夫だったらしく、運がいいのか悪いのか、流れずにこの世に生まれてしまった。最初のうち、店の女将や朋輩の女郎たちが面白がって世話してくれた。おそらく赤子と添い寝している女郎を珍しがって、喜んで買う物好きな客もいたのだろう。女郎宿で一年経ち、二年経ち、三年経ち、ある程度大きくなったので、宿の下働きを仕込まれたが、幼すぎて役に立たない。女将に罵《のの》しられ、母親にも疎《うと》まれて、口減らしに旅人に売られた。そう高い銭は取れないから、よほど安く売られたに違いない。六つにはなっていただろうか。どうやって育ったのか、女郎宿のことは、母親の顔も客や女将や朋輩のこともなにひとつ憶えていない。よほどいやな思い出ばかりで、きれいに頭から消え去っている。

「おめえ、猿に似てるな。これからは猿吉だぜ」

街道筋の女郎宿で買ってくれたのは角兵衛獅子《かくべえじし》の大道芸人だった。親方が名前を付けてくれて、それ以後はずっと猿吉である。

角兵衛獅子の一座では大人は親方ひとりだけ、他は子供が四人。年上の子が十歳を過ぎたぐらいで、名前が寅《とら》。あとは七つか八つぐらいの男の子が竹《たけ》と松《まつ》。女の子が同じくらいの歳で花《はな》。特に仲良くするでもなく、いじめられもせず、お互いの身の上など語ることもなかった。

親方はでっぷりとした赤ら顔の男で名前はわからない。耳にしたかもしれないが、それも憶えていない。いつも酒の臭いをぷんぷんさせているが、気性は穏やかで乱暴したり、口汚く罵ったりはしなかった。子供らを一座の芸人として、大切にしていた。猿吉は親方に芸を仕込まれ、逆立ちやとんぼ返り、肩車に蟹の横這い。さほど難しくなかった。

「猿吉、おめえが入ってくれてよかったよ。前にいたのが、肩車の上から逆さまに落ちて、頭の打ちどころが悪かったのか、あっけなくお陀仏になっちまってな。五人はいないと、見栄えがしないんだ」

五人の子供が小さな獅子舞の衣装を着けて、親方の笛や太鼓に合わせて動くのだ。親方は器用に笛を吹き、太鼓を叩いた。まだ幼い子供らの芸は珍しく、行く先々でけっこう受け、銭が投げられ、野菜や米も貰えた。

村を通りかかり、大きな柿の木に実がたくさん実っていると、身軽な猿吉はするするっと上まで登り、もいだ実を下の仲間に投げ与えた。

「ありがとよ。さすが、猿だけあって、木登りがうまいな」

親方が感心し、子供らは柿の実にかじりついて笑った。

芸で稼ぐのは街道筋の宿場町か脇にそれた神社の境内、泊まるのは安い木賃宿、陽気がよければ野宿のこともある。気が向いたら親方が女郎宿に泊まり、子供らは同じ宿の行灯《あんどん》部屋で雑魚《ざこ》寝《ね》した。夏も冬も雨の日も風の日も街道をあてもなく歩き続け、行く先々で芸を披露した。

「おい、猿、大変だぜ」

ある朝、村はずれの荒れ寺で寝ていると、年上の寅に起こされた。

「どうしたんだい」

「親方が動かねえんだ」

太った親方が大の字になって筵《むしろ》の上で寝ているのを仲間の竹、松、花が取り囲んで覗き込んでいる。

「死んだのかな」

「ゆすっても、びくともしねえ。息はねえと思う」

「親方が死んだら、俺たち、どうなるんだ」

寅がみんなを見渡す。

「おいらたちだけで、角兵衛獅子を続けるか、新しい親方を見つけるか、どっちにしろ、ここでじっとしていても、始まらねえや」

「親方はどうする。村のだれかに知らせるかい」

心配そうに竹が言う。

「いや、このままにしとこうぜ。面倒に巻き込まれるのはごめんだからな」

みなそれぞれ、口に出せないような事情があって、親方に売られたのだろう。

「銭と道具と親方の荷物、それぞれ分け持って、旅を続けようじゃねえか」

寅は指図する。

「これからはおいらが笛と太鼓で、おめえたちが獅子舞だ。猿、おめえは猿に似てるから、蟹の横這いより猿回しがいいかもしれねえ」

「いやだよ。俺も獅子舞を続けるよう」

だが、子供だけの旅が続けられるわけがない。宿場役人に目をつけられて、番所に連れていかれ、名前や生まれなどを問われた。

「親方にはぐれた角兵衛獅子の一座でございます」

寅が答え、宿場役人は首をひねる。角兵衛獅子で舞う子たちはたいてい親から売られている。あるいは人さらいにさらわれて、売買されることもある。幼い子を売り買いするのは表向きは違法であるが、たいていは黙認されている。だが、はぐれたというのは、虐待する親方からの逃亡とも考えられる。

「親方がおらぬのに角兵衛獅子の一座を続けるとは解せんのう。そのほうらが望むなら、親元へ返してやろう。いかがじゃ」

みんなで顔を見合わせる。さらわれたわけではないが、みな親に口減らしで売られた子らである。帰るあてなどない。

「いえ、このまま、旅を続け、お伊勢様までお参りいたしとうございます」

「なに、伊勢参りと申すか」

「はい、ここにおりますわたくしども、みな身内はございません。角兵衛獅子で日銭を稼ぎ、お伊勢様を目指しますゆえ、どうぞ、お見逃しくださいませ」

何年かいっしょに旅を続けていたので、寅は十三、四になっているだろう。年上だけに、うまいことを言う。猿吉もまさか伊勢参りがほんとうだとは思えない。

宿場役人たちはひそひそと相談する。

「そのほうら、まだ幼いのう。親方なしで旅を続ければ、どのような危難に遭うかしれぬぞ。それでも伊勢参宮をいたすと申すか」

「はい、お伊勢様を目指せば、それだけでご利益はあると存じます」

「よし、では、そのほうらの信心に免じて、しばし番屋に留めおく。ここを伊勢参りの者が通行いたしたなら、同行を頼めばよい。それでよいか」

「ありがとうございます」

一同はみな平伏し、猿吉もいっしょに頭を下げた。

街道の番所では旅人が次々に通行する。翌日、さっそく伊勢参りの老夫婦が通りかかり、角兵衛獅子の子供らは預けられた。

「幼い子らの一行である。そのほうらで伊勢神宮まで連れていくがよい」

「ははあ、承知いたしました」

五人の角兵衛獅子は伊勢参りの老夫婦にくっついて街道を行く。が、老夫婦にとって、子供五人を連れて歩くのは足手まとい。夫婦で一生の思い出にと遠くの伊勢まで旅することにしたのだが、子供たちがいっしょでは迷惑だ。向こうに着くにはあと何日かかるかわからない。こつこつ貯めた路銀は懐《ふところ》にあるが、旅籠《はたご》に泊まれば宿賃もかかるし飯も食わさねばならない。宿場役人に無理強《じ》いされたが、ここで見捨ててもお伊勢様の罰は当たらないだろう。

「どうだい、おまえたち、ここで別れよう」

もちろん、最初から伊勢に行く気などないので、五人は相談する。

「おばあさん」

相談がまとまり、女の花が老婆に甘えた声で言う。

「行くところがありません。あたいだけでも、お伊勢様まで連れていってくれませんか。お願いします」

「なんだね、お嬢ちゃん。おまえ、行くところがないのかい」

「はい、兄さんたちは男だから、なんとでもなりますが、あたいは」

「おまえ、いくつだい」

「十になります」

老夫婦は顔を見合わせる。

「しょうがないねえ。向こうに着いたらあてはあるのかい」

「はい、お伊勢様には旅の芸人が集まるでしょうから、どこぞの一座に加えてもらいます」

「ふうん、なかなかしっかりしてるね」

老婆は連れ合いに言う。

「おじいさん、あたしゃ、この子が気に入ったから、連れてってやりましょう。五人は大変だけど、小さい子ひとりぐらいなら、なんとかなるでしょう」

「わかったよ。じゃ、おまえだけいっしょに来るがいい。他のみんなはここでお別れだが、いいかい」

四人の子供が頭を下げる。

「はい。ありがとうございます。どうかお気をつけて」

「おまえたちも、しっかりと気をつけるんだよ。少ないけど、路銀の足しにしなさい」

いくらかの銭を寅に手渡す。

「ありがとうございます。花、じゃあ、元気でな。縁があったら、また会おうぜ」

花は手を振りながら、老夫婦と去っていく。

「さて、どうする」

寅が言う。

「おいらは角兵衛獅子を続けたいんだ。おまえたちもいっしょにやろうぜ。おいらが笛と太鼓で、おまえたちが踊れば、なあに、なんとかなるって」

竹と松はうれしそうにうなずいた。

「寅の兄貴、頼りにしてるぜ」

だが、猿吉は気が進まなかった。子供だけの角兵衛獅子がうまくいくとは思えない。

銭がなくなり、腹が減れば、喧嘩にもなり、殺し合うかもしれない。大人はすぐ嘘をつくので信用できないが、子供だって信用できないのは同じだ。

「兄貴、俺はここからひとりでやっていくよ」

「え、おまえ、まだ十ぐらいだろ」

「うん、まあ、そんなところだ」

「そんな歳で、ひとりでなんとかなるのか」

「いろいろ芸は覚えたし、猿回しの真似でもするよ」

「ふうん、じゃ、ここでお別れだな」

あっさりと承知し、寅はいくらかの銭を猿吉に渡す。

「腹減っても、変なもん食って死ぬんじゃねえぞ。道中、悪いやつが多いから、盗っ人や人さらいに気をつけな」

「うん、兄貴たちも、気をつけてな」

「心配すんな。じゃあ、あばよ。縁があったら、またどこか旅の空で会おうじゃねえか」

寅、竹、松と別れたが、その後、二度と会うことはなかった。三年ほどいっしょに旅した仲間だったが、だれひとり、顔さえ思い出せない。

幼い猿吉がひとりで生きていくのはなかなか大変である。路上で逆立ちやとんぼ返りをしても、道行く人は見向きもしない。莫蓙《ござ》を敷いて、割れた茶碗を置き、猿の真似をすると、いくらか恵んでくれる親切な人もいたが、これでは芸人というより、ただの物乞《ものご》いに過ぎず、たいした銭にもならない。

そのうち、人が大勢立て込んだ店にそっと入り、わからないように食い物を持ち帰り、腹を満たすことを覚えた。留守の百姓家に忍び込み、食い物だけでなく、小銭や衣類も盗む。茶店の床几《しょうぎ》で一服している旅人の荷物をそっと掠《かす》める。盗みは物乞いよりも実入りがよかった。同じ宿場で盗みを繰り返すと怪しまれて、捕まるだろう。一座の旅でなんとなく覚えた街道筋、次々と場所を変えた。

もともと身軽ですばしっこい。角兵衛獅子の稽古で芸はたいして磨かなかったが、高いところへ駆けあがったり、細い隙間を潜り抜けたり、なんでもできる。あちこちの宿場を歩き回り、空き巣や置き引きでなんとか息をつないでいた。悪いこととは知りながら、背に腹は代えられない。

温泉のある宿場も回ってみたが、着物を脱いで湯に浸かっている客がいても、見張りの警戒が厳しく手が出なかった。無理をして捕まってはおしまいだ。危ない橋を何度も渡るうち、子供ながら知恵も度胸も身についた。

あるとき、裕福そうな旅の商人が茶店でぼんやりしながら茶を飲んでいるのを見かけた。路銀をしこたま持っていそうだ。大人の歳はよくわからないが、若くもなく、老けてもいない。何気なく床几の後ろを通り過ぎるとき、男の横に置かれている袱紗《ふくさ》にそっと手を伸ばす。

「あっ」

男の手が猿吉の手首をつかんでいた。

「小僧、どういうつもりだい」

「こりゃ、旦那、すいません。後ろを通りかかったら、見事な袱紗《ふくさ》が置かれていますので、つい見惚れて、手が伸びてしまいました。決して悪気はございませんので、どうぞご勘弁願います」

「おまえ、この袱紗が気に入ったのか」

「はあ」

「どこが気に入ったか、言ってみな」

「ええっと、その柄の細かいところ」

男は笑う。

「ふふ、それじゃ駄目だ。言い訳になってないな」

「はあ」

「おまえね。あたしでよかったよ。これが二本差しのお侍だったら、今頃おまえの手首はなくなってるよ。いや、手首どころか、首がすっ飛んでるだろうな」

「どうぞ、お許しくださいませ」

男は猿吉を上から下までじろじろと見る。

「うーん、そうだなあ。見つかったときの言い訳。もうちょいと、うまく言えないのか。なにかに躓《つまず》いて、よろけて床几に手がつっかえた。いや、それもわざとらしいか。一番いいのは、気づかれずにそっと持ち去ることだが、おまえ、まだ素人《しろうと》だな」

「はあ」

持ち逃げに素人も玄人《くろうと》もないだろう。ぽかんと口を開ける猿吉。

「おまえ、歳はいくつだ」

「さあ、十二か十三ぐらいでしょうか」

「ぐらいってのはなんだ。自分の歳もよくわからないのか」

「親の顔もよく知りませんので、自分が何年生きてるかなんて、わかりません」

男は眉を曇らせる。

「みなしごか」

「そんなようなもんで」

「そうかい。名前は」

「へい、猿吉と申します」

「ぷっ」

男は思わず噴き出す。

「冗談言うなよ。いくら猿に似てるからって」

「いいえ、ほんとなんです。生まれたときの名前、どう呼ばれていたか、全然憶えておりません。物心ついた頃、角兵衛獅子の親方につけてもらいました」

「それで猿吉か。ふうん、おまえ、体は小さいが、餓鬼《がき》にしては物言いがしっかりしてるぜ。角兵衛獅子だったのか」

「へい、二年か三年、飛んだり跳ねたりしておりました」

「ちょいとやってみな」

猿吉はその場でとんぼ返りと逆立ちを見せる。

「うん、うまいもんだな。で、今はひとりなのか。仲間は」

「一座の親方がずっと前に、旅の途中で死んでしまいまして。それでひとりになりました」

「ひとりになってどのくらいになる」

「さあ、冬になったり夏になったりで、ずっとひとりです」

「食うに困って、他人《ひと》のものに手を出すようになったってわけだな」

「すいません。出来心でございます」

「そりゃ、一度や二度なら出来心で済むだろう。だけど、おまえ、手口は素人だが、今まで何度も他人のもの掠めて、それで食ってるんだろう」

　図星であった。

「身についた芸もなくて」

　仕方なくうなだれる。

「生きるためには盗むしかなかったわけか。うん、ここで見逃してやってもいいが、おまえ、そんなことを続けていれば、いずれ、お縄になって、首と胴とが離れ離れになろうってもんよ」

「はあ」

　そうに違いないだろう。食って生きるのに精いっぱいで、先のことなんて考えたこともない。

「ねぐらはどこだい」

「決まった場所も行くあてもありません。あっちへふらふらこっちへよろよろ。宿賃のいらない橋の下かお地蔵様の祠《ほこら》でお世話になっております」

「だけど、見たところ、近所の子供が遊んでいるように見えた。髭《ひげ》はまだ生えてこないだろうが、前髪だってちゃんとしている。どうしてるんだ」

「一座にいたときは、親方が着るものは用意してくれましたし、髪は仲間でお互い結っておりました。芸人は汚いなりではいけない。木賃宿にも泊まれないからと」

「そうだろうな。着るものはどうしてる。着替えだっているだろう」

「今は着物は」

　言い淀む。

「わかった。その都度、着られなくなったら、こっそりと手に入れるんだな」

「はあ」

　猿吉は申し訳なさそうにうつむく。

「だけど、髪はどうしてるんだ。ちゃんとしてるじゃないか」

「頭は小銭ができると、宿場の髪結床で髷《まげ》を結ってもらいます。銭さえ渡せば、床の親爺《おやじ》はなんにも言いません」

身なりが汚かったり、髪がくしゃくしゃでは、それだけで目をつけられて、怪しまれ追い払われる。猿吉は宿場の近所の子供と同じような装いを心掛けていた。それなら万が一、盗みの手口が見つかっても、手癖の悪い子供の遊び半分のいたずらと思われ、叱られるだけで済む。謝《あやま》る言葉もいろいろと工夫はしている。それでも許されないときは、隙をみてさっと逃げていた。

「そうかい。若いのにいろいろ苦労してるんだな。というよりまだ餓鬼じゃないか。生きてりゃ、この先、いいこともあるかもしれない。無暗《むやみ》に目先のものに手を出すんじゃないよ。相手がまったく気がつかないうちに、そっと盗んで、そっと消える。それが盗みの極意ってもんだ」

「へえ、そうなんで」

「おまえ、行くあてがないんなら、どうだい。あたしについてくるかい」

「えっ」

まさか人買いだろうか。

「旦那、ご商売は」

「あたしかい。なんに見える」

「職人さんには見えません。なにを商ってらっしゃるんで」

「うん、江戸の道具屋で浜野屋千次郎《はまのやせんじろう》ってんだ」

「道具屋さんというと」

「知らないかい。古い道具類、なんでも買って、欲しい客に売りつける」

「へえ」

「というのは表向きでね」

千次郎は不敵ににやりと笑う。

「実はもうひとつ、あたしには裏の稼業があるんだが」

裏の稼業と聞いて、猿吉は首を傾げる。この男、盗みを叱らずに鷹揚に笑っているだけだ。そんな大人は滅多にいない。人買いなら、隙があれば逃げてやろうと思ったが、盗みの極意って言ってたな。猿吉が盗みでなんとか食っていると聞いても、いやな顔ひとつしない。ひょっとして。

「お、なにか気がついたようだな」

「いえ」

「おまえ、歳の割にはなかなか利口じゃないか。それに身軽そうだ。顔も愛嬌があっていい。ふふ、ちょいとばかし、見込みがありそうだ。あたしはね、形ばかりの道具屋で、客など来やしないが、うちの店で小僧に使ってやってもいい。どうだい、江戸まで来るかい。橋の下よりはましと思うが」

「へい、どこへでもお供いたします」

猿吉と明烏《あけがらす》の千次郎との出会いであった。

二

猿吉が千次郎と出会ったのが東海道《とうかいどう》の小田原宿《おだわらしゆく》。街道を歩いて江戸に向かう。歩きながら千次郎はほとんど無言。黙って一心に歩き続ける。猿吉も子供ながら、歩くのは慣れているので、後れずにくっついていく。

まずは戸塚《とつか》の宿場に着いて旅籠で一泊。飯を食いながら、千次郎は猿吉の身の上話を聞く。生い立ちはよく憶えていないが、角兵衛獅子で旅をし、その後、別れてひとりでなんとか食っていたという話。

「おまえ、あたしが言うのもなんだがね。盗みは悪事だよ。ばれたら命はないし、死んでも決して極楽へは行けない。行先は地獄と決まってる。だがな、閻魔《えんま》様の前に出て、非義非道の悪行《あくぎよう》が少なければ、少しぐらいは大目に見てもらえるかもしれない」

「旦那、非義非道の悪行ってなんです」

「つまり、人の道に外れた浅ましい行いだ」

「だけど、盗みは悪事で、盗っ人はみんな地獄行きなんでしょ」

猿吉は盗みそのものが人の道に外れているし、浅ましいと思っている。

「そうだな。真面目に心を込めてこつこつ働くのが人の道だ。遊ぶ金欲しさに無暗に盗むのは、地獄へ堕ちても仕方がないねえ。飢えて、このままじゃ死んでしまう。なにか食うものが欲しい。で、畑の大根を盗んで食っても地獄行きだ」

「飢えて死ねば極楽へ行けるんですか」

「さあ、そいつはどうかな。飢え死ぬまでに、なにか悪いことをやらかしていれば、地獄だろうな」

「閻魔様に大目に見てもらうには、どうすりゃいいんです」

「おまえが盗むのはせいぜい小銭だろうが、それでも罪は免れない。子供だから許されるなんてこともない。汚い盗みはなによりも悪い。仕事はきれいでなくちゃ」

きれいな盗みなんてあるんだろうか。猿吉は首を傾げる。

「出来心とはいっても、困ってる人から盗むのはよくない。おまえが食いものを盗んだために、盗まれた者が飢えて死ねば、それは人殺しとおんなじなんだぜ」

「一皿の団子を盗んでもですか」

「さあ、それはわからないねえ。あたしは閻魔様じゃないから。だけど、自分の心に恥じるような悪事を犯せば、地獄の中でも恐ろしいところに堕ちて、未来永劫《えいごう》苦しみ続けることになるよ」

「未来永劫ってなんです」

「いつまで経っても終わりがないことだ」

「うへええ」

「盗みってのは、ごっそり持っているところから、ちょいといただくのが、きれいな仕事だ。それも、だれにも気づかれずにうまくやる」

「閻魔様は見てるんでしょ」

「まあ、そうかもしれない。だが、心に恥じないでうまく盗めば、少しはましなんじゃないか」

「そんなことができるんですか」

「簡単にはいかないよ。きれいな仕事は手間暇がかかる。腹が減って、目先の食い物を盗むのとは違うよ」

「へへ、そうでしょうねえ」

「悪事には違いないが、欲にかられちゃいけない。うまく考えて、楽しみながらの仕事が一番なんだ」

「あの」

猿吉は首を傾げる。

「盗みもこつこつやる仕事なんですか」

「きれいな盗みは立派な仕事だ。うまくいくと、楽しいぜ。だけど、押し込みや追い剝ぎや人殺しは汚いから仕事とは言えない。畜生の極道働きってんだ。そんなやつらは間違いなくあの世で苦しむよ。針の山地獄、血の池地獄、灼熱地獄、どれも苦しいだろうなあ」

千次郎は大人なのに酒を飲まなかった。酒も飲まずにけっこうしゃべる。角兵衛獅子の親方とはずいぶん違うな。そう思いながら、話に聞き入る猿吉であった。

翌日は早朝に戸塚を出て、その日のうちに江戸に着いた。品川《しながわ》の宿場を通り過ぎ、高輪《たかなわ》から海沿いにずっと北に進む。だんだん通行人の数が増えてくる。夕暮れの日本橋、初めての江戸に猿吉は度肝を抜かれた。人がこんなにたくさんとは。街道の宿場町も人は多いが、それに比べても、天と地ほどの違いがあり、目が回りそうだ。

ずっと黙っていた千次郎がようやく口を開く。

「この橋が日本橋。江戸のちょうど真ん中だ。憶えときな」

「へい、旦那」

そこから北に向かってすたすた歩く。人ばかりか、家もたくさんあり、ずらっと建て込んでいる。武家屋敷の長い塀には驚かされた。こんな大きな家にどんな人が住んでいるんだろう。

「お大名のお屋敷だ。怖い門番がいるから気をつけろよ」

「へい」

千次郎の留守宅、道具屋の浜野屋は駒込《こまごめ》の千駄木町《せんだぎちょう》にあった。小さな一軒家で、戸締りがしてあり、表からは入れない。千次郎は猿吉と裏の路地へ回る。すっかり暗くなっているが、千次郎はにやりと猿吉に笑いかけ、月明かりの下で雨戸をちょこちょこと持ち上げ、押さえながら、すっと引くと、どういう仕掛けか、戸が開いた。

「さあ、入りな」

「へい」

「だれもいないよ。女房も子もない独りもんだ。近所付き合いもないから、戸締りには工夫がしてある。とはいえ、明烏の千次郎から盗もうなんて酔狂な盗っ人はいないだろうけど」

猿吉は千駄木の道具屋、浜野屋の小僧になった。千次郎に言われるまま店の仕事を憶えた。街道筋では空き巣や置き引きで命をつないでいたが、ここでは寝る家もあって、三度の飯も食えて、湯にも行ける。堅気の商人の暮らしも悪くない。

「旦那、このまま、ずっと小僧で置いてください」

千次郎は苦笑する。

「馬鹿言うない。あたしは表向きは堅気だけど、商売なんぞする気はないよ。この店は品物ごと買ったんだが、身辺が危うくなったら、また別の場所に移る。おまえもそのつもりで、今だけ小僧の役をしっかりやりな」

「へい」

「そのうち、いろいろと教えてやるからな」

しばらくして、千次郎が猿吉に酒を買うよう命じた。

「え、お酒ですか」

千次郎は下戸《げこ》で酒を一滴も飲まないのだ。

「うん、今夜、客が来る。食いものもいるな。これから言うから用意しな」

猿吉が近所の酒屋や総菜屋をまわり、酒と肴《さかな》を買った。その夜、三人の男が浜野屋に集まり、みな千次郎にぺこぺこと頭を下げる。

「明鳥の親方、お帰りなさい。お世話になります」

「うん、みんな頼んだぜ。それから、この若いの。まだ餓鬼だが、役に立ちそうなんで、小田原で拾ってきた。猿吉ってんだ」

「ぷっ」

男たちは笑う。

「猿吉って、ほんとですかい」

「うん、角兵衛獅子あがりだが、役に立ちそうだ。よろしく頼むぜ」

猿吉はみなに頭を下げる。

「兄さん方、猿吉と申します。よろしくお頼み申します」

「おうっ、こっちこそ、よろしくな」

三人の男は菊次《きくじ》、佐太郎《さたろう》、巳之吉《みのきち》といい、千次郎と気心の知れた身内であり、仕事のときに顔を合わせ、打ち合わせて、決行する。

「親方、お勤めの手筈は決まりましたか」

「うん、狙いは決まりだよ。金蔵には小判が唸っているに違いない。うまくいけば、一年か二年はぼんやり過ごせそうだ」

「じゃあ、さっそく取りかかりましょう」

猿吉が加わっての最初の仕事は見事なものだった。行先は再び小田原の城下。大店《おおだな》の菓子屋、相模屋《さがみや》では銘菓あじごろもが当たって、小田原名物として大売れに売れている。土産《みやげ》に買う旅人がけっこう多いのだ。千次郎は周辺をずっと探って、狙いを定めた。菊次は錠前破りの名手、佐太郎が見張りに立ち、千次郎、巳之吉、菊次、そして猿吉の四人が忍び込んで金を盗む。が、欲張ってたくさん盗み出してはいけない。手間をかけず、要領よく運び出し、菊次が錠前を元通りにして、そっと立ち去る。錠前が壊れておらず、金もさほどたくさんは消えておらず、店の者が気がつくころには、みんな江戸に戻っている。

このときに盗んだ額が三百五十両。たいしたもんだ。分け前は菊次、佐太郎、巳之吉がそれぞれ七十両ずつ、千次郎が百四十両を手にして、百両を自分の取り分とし、その場で別れてそれぞれが自分の家に帰る。残り四十両は次の仕事の支度金である。

「ご苦労だったな」

千次郎は自分の分から猿吉に十両を分けてくれた。ずっしりした小判を手にして、猿吉は震える。

「こんな金、初めて見ました」

「ふふ、その金はおまえの分だが、とりあえず、あたしが預かっておくよ」

「はい、お願いします」

「あの三人もあれだけあれば、よほど悪い遊びでもしない限り、一年は気楽に暮らせると思う。どうだい、これなら、たぶん小田原の相模屋だってたいした損にはならないだろうし、下手に騒いで店の暖簾《のれん》に瑕《きず》がついたり、銘菓あじごろもの評判が落ちても困るだろうから、おとなしく黙っているだろう。あたしたちは旅人の拵《こしら》えだから、懐に七十や百ぐらいあっても、路銀ならおかしくない。どうだい、これがあたしの仕事だよ」

なるほど、きれいなもんだ。猿吉は感心する。

「旦那、いえ、親方のお名前、どうして明烏なんですか」

「こら、人前では親方なんて呼ぶんじゃないよ。あたしは商人、おまえは浜野屋の小僧なんだから」

「あ、旦那、承知しました」

「夜中に大店の金蔵に忍び込み、夜明けに烏がかあと鳴く前に消えているから明烏。だれが付けたか知らないが、こんな異名が広まったら、お上に睨まれて、剣呑なんだがなあ」

そう言いながらも、明烏の千次郎、満更でもなさそうだった。

猿吉は千次郎の手下となって、働いた。普段は店の小僧だが、大仕事の前には狙いをつけた店を調べ上げる。小柄で目立たないので、下調べにはもってこいだ。

仕事はたいてい江戸を避けて街道筋の大店を狙う。将軍様のお膝元の江戸と比べれば、田舎の城下は緩やかで、仕事はしやすい。千次郎一味はその都度、しっかりと調べた上できれいな仕事をする。いつしか裏の世界で明烏の名は盗みの名人と知れ渡り、慕って集まる子分も増えた。

子分が増えれば実入りも多くなければならない。が、善良な商家からごっそり盗むのは気が進まない。そこで、千次郎は考えた。阿漕《あこぎ》な商売で汚く儲ける大店なら、どれだけ盗んでも気がとがめない。

猿吉は街道筋のあちこちで評判の悪い大店を調べて、千次郎に報告した。買占めや横流しで暴利をむさぼりながら、役人に心づけを渡してのうのうとしている商人。厳しい取り立てで庶民を泣かせる高利貸し。そんな連中なら、金蔵を空っぽにしたって、だれも文句は言わないだろう。

お勤めの前に、千次郎は子分たちに言いつける。決して人を殺してはならない。女を手込めにしてはならない。街道筋の大店ばかり狙う明烏、盗みはすれど非道はせず、義賊の評判を高め、盗っ人仲間から褒められる。

「猿吉、おまえ、いくつになった」

「さあ、旦那。二十はとっくに過ぎて、そろそろ三十に近いでしょうか」

千次郎は転居を繰り返し、いろんな屋号の商人で通し、猿吉はいい大人になって、今では番頭役を務めている。

「近頃はあたしも名前が売れて、困ったもんだよ。手下になりたがる盗っ人もけっこういて、いつどこであたしの悪事がお上に知れるかと思うと冷や冷やするぜ」

「旦那の仕事はいつもきれいなもんですから大丈夫ですが、近頃、街道筋でお上の詮議が厳しくなってますね」

「そうなんだ。お勤めはきれいでなくちゃならない。ところが、汚い盗みが増えてきただろう。世の中、世知辛いと仕事がやりにくいな」

「いやなご時世です」

いきなり大勢で商家に押し込み、証拠が残らないよう主人や奉公人を皆殺しにして、その上、殺す前に女は犯す。そんな手荒な押し込みが横行しているのだ。

「おまえもそろそろ三十に近いのか。あたしもいい歳になるはずだ。そろそろ足でも洗おうかと思う今日この頃だよ」

優男だった千次郎も五十を過ぎてすっかり貫禄が出てきた。今では苦みばしったいい男である。

「旦那、やめてくださいよ。旦那が足を洗ったら、あたしはどうやって暮らせばいいんですか」

「あたしには女房も子もないが、十二、三で拾ったおまえは、言ってみれば、せがれみたいなもんだな。あたしが隠居したら、金は用意してあるから、おまえはあたしの世話をして暮らせばいいよ」

それを聞いて猿吉は目を潤ませる。親の顔は知らないけど、こんな人がお父つぁんならよかったのになあ。

「ふふ、しんみりしちまったか。あたしは酒も飲まないし、博奕《ばくち》も嫌いだが、あっちだけはまだまだ大丈夫だ。またいっしょに吉原に繰り込もうぜ」

猿吉は千次郎に連れられて初めて吉原に行ったときのことを思い出した。大店の主人がせがれの若旦那を男にしてやりたいという触れ込みで、あのときは猿吉もけっこうもてた。それからも金が入ると、ときどきふたりで吉原で遊んだが、もてるのはいつもいい男の千次郎だけで、猿に似た貧相な猿吉は割りを食ったものだ。女に溺れたりはしなかったが、吉原は嫌いじゃない。

「旦那、まだ五十でしょ。隠居だなんて寂しいこと言わないで、もっともっとお勤めしましょうよ。それで、またいっしょに吉原でぱあっと豪遊」

「うん、いいだろう。女じゃ、おまえには負けないからね」

盗みの名人明鳥を慕って子分が増えた。千次郎は子分を強く戒《いまし》める。盗みはしても堅気の衆を苦しめるような非道をしてはならない。お勤めはきれいにやるべきだと。江戸から上方《かみがた》にまで明鳥の千次郎の名は街道筋の盗賊の間で名高くなり、頭目たちも一目置くようになった。首領のひとり都鳥《みやこどり》の孫右衛門《まごえもん》から千次郎にぜひお目にかかりたいという知らせが届いた。街道筋の警戒が厳重になったので、やりにくい。きれいな仕事で名の通った明鳥の親分と今後のお勤めについて、話し合いたいという。

今思えば、それが猿吉の一生を狂わせたのだ。五年前のことである。

「都鳥はあんまり評判はよくありませんぜ」

菊次が言う。

「仕事が荒いという噂でして」

「そうかい。なら、それはそれでちょうどいい。手荒い仕事、少し控えてもらうよう、うまく話をつけようじゃないか」

会合の場所は江戸、深川《ふかがわ》の小さな茶屋だった。座敷では孫右衛門が四人の子分とともに待っていた。

「いやあ、明烏の。ようこそおいでなすった。お待ちしておりやしたよ。この茶屋はあっしの盗っ人宿でしてね。遠慮はいらねえ。さあ、どうぞこちらへ」

孫右衛門は五十半ばのでっぷりした男。風貌は目つきが鋭く、博徒《ばくと》の親分を思わせ、堅気には見えない。

「都鳥の親分さん、お初にお目にかかります。浜野屋千次郎と申します。どうぞ、よしなに」

千次郎は古参の手下、佐太郎、巳之吉、菊次、猿吉の四人を引き連れて、座敷に入って、頭を下げた。

「へへ、うれしいねえ。明烏の親分さんとこうして会えるとは。さ、まずは一杯やりなせえ」

「はい、ですが、あたしは不調法でして。お酒のほうは」

「えっ」

孫右衛門が眉間にしわを寄せる。

「あっしの盃を受けてくださらねえってんですかい」

「いや、そういうわけじゃ。昔から下戸なもので」

「いいじゃありやせんか。ね、形だけ、顔合わせの挨拶、一口でいいから口をつけておくんなせえ。この通りだ」

孫右衛門は深々と頭を下げる。

「都鳥の。よしてくださいな。はい、じゃ、下戸でお恥ずかしいですが、一杯だけ頂戴いたします」

「そうこなくっちゃ。さ、どうぞ」

千次郎は盃を受ける。その顔をじっと覗き込む孫右衛門。

「さあ、ぐっとやっておくんなさい」

「はい、いただきます」

千次郎はぐっと飲み込む。

「さ、おまえさんたちもどうぞ」

孫右衛門が差し出す銚子から四人が盃に受け、口に持っていこうとしたそのとき、
千次郎が叫ぶ。

「飲むんじゃない」

見れば、千次郎の顔が蒼白で、手から盃を落とし、苦しそうに喉《のど》を押さえている。

「うっ、飲むな。酒に、ど、毒が」

「親方っ」

巳之吉、菊次、佐太郎がさっと立ち上がる。猿吉は千次郎に飛びつき、背中を押さえる。

「なるほど、下戸だなあ。もう効いてきたか」

「都鳥、てめえ」

巳之吉が匕首《あいくち》を抜き、菊次と佐太郎も続いて抜く。

「やめときな」

孫右衛門が嘲笑《あざわら》う。

「あがいても無駄だぜ。明烏はもうおしめえよ。どうだ、おめえたち、俺の子分になるなら、命は助けてやるぜ」

孫右衛門の子分たちが、匕首を構えて、親分の周りを固める。

「野郎っ」

叫んで孫右衛門にとびかかろうとした巳之吉と菊次の背中を佐太郎の匕首が突き刺しえぐる。

「うっ」

宙をつかんで倒れる巳之吉と菊次。

「佐太、ご苦労だったな」

「へい、親分」

虫の息の千次郎が孫右衛門を睨みつける。

「おのれ、騙しやがったな」

「悪く思うな、明烏。笑わせるない。てめえ、綺麗事ばっかり並べやがって、盗みはすれど、非道はせずだと。盗みだって立派な非道だぜ。てめえが名を売ったおかげで、盗っ人稼業の意気が上がらねえ。俺の子分どもも弱気になって困ってたのよ」

「ううっ」

千次郎の口から黒い血がしたたり落ちる。

「佐太郎、裏切りやがって」

「へへ、明烏の親方、すいませんねえ。おまえさんのちまちました鼠《ねずみ》働きに嫌気が差してたとき、都鳥の親分さんに声かけられましてね」

千次郎は苦しい息から掠れた声を出す。

「孫右衛門、佐太郎、てめえら地獄へ堕ちるがいい」

「明烏の。いずれそうなるにしろ、その前にたっぷりいい思いをするぜ。てめえは今すぐ地獄行きだ。さ、早く行きな」

「ううっ、あの世で待ってるからな、閻魔様といっしょに」

　猿吉の腕に抱えられて、千次郎は息を引き取った。

　くそ、猿吉は怒りで煮えくり返る。許せねえ。孫右衛門も許せねえが、裏切りもんの佐太郎も生かしちゃおけねえ。だが、ふと考える。今、俺が死んだら千次郎旦那も菊次や巳之吉の兄貴も浮かばれないぞ。

「猿、おめえも明烏のお供をして、あの世へ行きな」

「待ってくれ、兄貴」

　猿吉は佐太郎の前に這いつくばる。

「こんなところで死ぬのはいやだよう。兄貴、俺も仲間に入れてくれ。都鳥の親分さん、へへ、こんな猿でござんすが、いかがでしょう。決して損はさせませんぜ。お役に立ってごらんにいれます」

　精一杯、卑屈な顔で愛想を振りまく。孫右衛門と佐太郎は顔を見合わせる。

「おう、佐太。その猿、使いもんになるのか」

「へい、度胸もなく腕っぷしはへなちょこですが、ちっとは使えるでしょうよ。生かしといてやりましょうかねえ」

「おめえに任せるぜ」

「猿、命拾いしたな」

猿吉は孫右衛門の前に進み出て、畳に額をすりつける。

「都鳥の親分、ありがとうございます。精一杯、働かせていただきます。佐太郎の兄貴、恩にきるぜ」

三

明烏の千次郎の葬儀は谷中《やなか》の寺でひっそりと行われた。

盗賊の葬礼を派手に開くわけにはいかない。佐太郎の手配で猿吉を入れて子分十数名が集まり、都鳥の孫右衛門が取り仕切った。

貧乏寺らしく住職はひとりだけで、ささっと経をよみ、あっけなく終わり、早桶は境内にある小さな墓所に葬られ、子分一同が手を合わせ、酒宴となった。

孫右衛門が挨拶をする。

「街道筋でその名も高い明烏の千次郎親分の葬礼にしては、あまりにささやかだが、盗っ人の弔いで目立つような真似をして、お上に目をつけられてもつまらねえ。顔合わせの夜に、こんなことになっちまって、下戸の千次郎さんに酒を無理に勧めたのは、返す返すもわたしが悪かった。千次郎さんは気持ちよく盃を受けてくださったんだが、飲み慣れねえ酒、よほど体に合わなかったんだな。あっけない最期だった。思い残すことはあったはずだが、悔やんでも悔やみきれねえ。ここはひとつ、わたしが仕切りを任せてもらう。皆の衆、この通り、謝るぜ」

深々と殊勝らしく頭を下げる孫右衛門。無理に飲ませたのは酒ではなく毒だったくせに、しゃあしゃあとよく言うぜ。猿吉は黙って歯を食いしばった。

「あとはここにいる佐太郎さんの世話で、おまえさんたちを都鳥の一家に迎えようと思う。菊次さんと巳之吉さんは、千次郎親分が亡くなったので、そろそろ盗っ人稼業は潮時だと、弔いを待たずに出て行きなさった」

ふたりの死骸はそっと大川《おおかわ》に投げ込まれたのだ。

「わたしも敢えてふたりを引き留めはしなかった。わたしの仲間になるか、別の道を探すか、そこはおまえさんたちが好きに決めるがいい。わたしはとやかくは言わない。いっしょにやりたい者だけここに残って、出て行きたい者は、今すぐに出てっていいんだぜ」

顔を見合わす子分たちを佐太郎がぐっと睨む。

「都鳥の親分さんもこうおっしゃってくださってる。おめえたち、みんな、他に手立てはねえよ」

「まあまあ、佐太郎さん。無理強いはいけないよ、わたしのやり方はちょいと手荒いんでね。気に入らないなら、いっしょにやらなくてもいいぜ。だけど、わたしは千次郎親分みたいに堅いことは言わない。店に押し入って、歯向かうやつがいたら、殺すのが一番手っ取り早い。それにな、別嬪がいたら、我慢することないや。好きなだけ遊んでやってもいいんだ。どうせ殺されるのなら、女たちだって、死ぬ前に楽しんでからあの世へ行きたいだろう。たっぷり喜ばせてやるのが功徳ってもんだぜ」

寺で殺生《せっしょう》を勧めるとは、とんだ罰当たりな野郎だぜ。猿吉は内心、怒りが込み上げたが、素知らぬ顔を装った。

「あのう、親分、殺しても、手込めにしてもいいんですか」

恐る恐る尋ねる子分に孫右衛門は胸を張る。

「いいとも。悪事にいいも悪いもない。盗みそのものが悪事なんだ。こそこそ十文盗むのも、堂々と千両盗むのも、おんなじ悪事だ。盗もうが殺そうが犯そうが、手当たり次第だ。それに、これだけ人数がそろったら、怖いものなし。街道筋は都鳥一家の天下になるぜ」

佐太郎が両手をすり合わせる。

「さすが、都鳥の親分。さあ、みんな。親分さんは話のわかるお人だろ。それでもいっしょのお勤めがいやなら、今すぐここから出て行きな」

佐太郎に言われて、子分が三人立ち上がる。

「ええ、都鳥の親分さん、ありがとうございます。佐太郎の兄貴、親切に言ってくださって、恩には着ます。が、やっぱり手荒い仕事は性に合いません。俺たち、ここで失礼させていただきます」

「おお、そうかい。いいとも。わたしは無理に引き止めないよ。お勤めは息の合った者とだけやりたいからな。さ、行きなせえ」

三人が頭を下げて本堂を出たとたん、ぎゃあという悲鳴が聞こえる。都鳥の子分が待ち構えており、匕首で三人を刺し殺したのだ。

「うわ」

ひでえことしやがる。猿吉は唇を嚙む。

「みんなよく見たか。都鳥一家にひ弱な子分はいらねえ。修羅場で盗んで、殺して、女を手込めにするのが、本物の極道の生き方だ。逃げ出す野郎は、どうせ足手まといになるだろうから、今のうちに始末するぜ」

都鳥の孫右衛門の足場は東海道の戸塚宿にあり、宿場からほんの少し外れた郊外に豪勢な屋敷を構えていた。屋敷には女房とふたりの妾《めかけ》がいて、留守宅を守っているが、子はいない。盗っ人の仕事がないときは、屋敷に旅の渡世人を引き入れ、賭場《とば》を開いており、孫右衛門は表は博徒、裏は盗賊という表裏ともに悪党であったのだ。

広い屋敷で子分たちが寝起きしており、凶状持ちの渡世人が通りかかると、仲間に引き入れることもある。明烏の子分も加わったので、一家の人数は二十人を上回った。

「四十七人にはまだまだ足りねえが、さっそく小田原あたりまでみんな揃って繰り出そうか。明烏の手下のお手並みも知りたいしな」

小田原と聞いて、猿吉は昔、千次郎旦那と知り合って、初仕事で入った菓子屋の相模屋を思い出した。店の者に気づかれず、そっと忍び込み、金蔵の錠前を静かに外し、たくさんは盗み過ぎず、そっと立ち去る。きれいな盗みの名人芸だった。

さあて、都鳥はどんなお勤めをするのだろう。猿吉も一行に加わった。

狙われたのは城下町の呉服商。夜が更けるのを待ち、孫右衛門の子分が勝手口の戸を叩く。何事かと出てきた奉公人を殺し、どっと中に押し入り、手当たり次第に殺し、主人に金のありかを問い詰め、金蔵の錠前を開けさせ、残らずごっそりと盗んだ。さらに女と見れば手込めにし、あとあと訴えられると厄介なので、ひとり残らず始末した。阿鼻叫喚の地獄図であり、あまりの酷たらしさに千次郎の元子分の中には吐く者もいた。

「ちぇっ、明烏の身内は度胸がねえなあ」

血と反吐《へど》にまみれた子分を嘲笑う孫右衛門であった。

呉服屋が貯め込んでいたのは店中かき集めても三百両ほど。

「派手な商売しているくせに、しけてやがる。せっかくだから、女房と妾に着物を持って帰ってやろう」

金の分け前は盗んだ額にかかわらず、子分はさほど貰えないこともわかった。ほとんどが孫右衛門のものになる。孫右衛門の屋敷は贅沢《ぜいたく》で、女房も妾も着飾っている。盗んだ金で贅沢三昧《ざんまい》なのだ。お勤めのないときは子分一同、戸塚の根城でゆっくり骨休め、うまいものを飲んだり食ったり、衣食住に不自由はしない。少ない分け前であっても、だれからも文句は出ない。

子分たちが毎回喜んで孫右衛門に従うのは、盗みの現場で女を犯したり、殺したり、好き放題の乱暴狼藉が働けるからだ。千次郎の下で働いていた子分たちも、いつしか凶悪な面構えになっており、普段はいっぱしの博徒として、宿場町で大きな顔をしていた。

猿吉は残忍な現場は見るのもいやで、もっぱら、下調べを手伝った。直《じか》に手を下さなくても、悪事の片棒を担いでいるのは同じである。いつか機会があれば、千次郎や菊次や巳之吉の敵《かたき》を取ってやりたいとは思うが、孫右衛門も佐太郎も隙がなく、腕っぷしのない猿吉にはとても手は出せない。

十やそこらの幼いうちからこそ泥となり、明烏の千次郎と出会ってからは数々の大仕事を続けてきたので、お上の手でお縄になれば打ち首は免れないとは思っているが、殺したり、女を手込めにしたりは絶対にやりたくなかった。もしもだれかを殺すとすれば、それは孫右衛門と佐太郎のふたりでいい。

都鳥一味があまりに荒稼ぎをするせいで、街道筋の警戒はますます厳しくなった。大店は用心棒を雇い、宿場町では役人の数を増やし、城下では盗賊追捕の役目が追加された。

「そろそろ、危なくなってきたようだ」

孫右衛門は不敵に笑う。

「親分、いっそ江戸へ出て大仕事をやりませんか」

都鳥一味でいい顔になっている佐太郎が言う。

「だがな、江戸は剣呑だぜ」

「近頃は宿場のほうが危のうござんす。江戸は人が多いので、あっしらが紛れても平気ですよ」

「今となっちゃ、俺たちは大所帯だ。江戸で稼ぐとして、大人数で深川の茶屋に泊まると目立つじゃねえか」

「そこは、ほら、親分の懇意になさってる谷中の寺はいかがです」

「なるほど、おめえ、いいところに気がついたな。へへ、去年の明烏の弔いを思い出すぜ。あそこは貧乏寺だが、けっこう広いしな」

「江戸には金のある大店がたくさんあって、盗み放題ですが、なかでも金が唸っている店がありますぜ」

「なんの商いだ。呉服屋の越後屋《えちごや》は店は大きいし金は唸っているだろうが、奉公人の数だけでも、俺たちの何倍もいるんじゃねえか」

「呉服屋は金があっても面倒ですよ」

「じゃあ、米屋か」

「米屋も大きな店なら金はあるでしょうけど、奉公人もそれだけ多いです」

「なんの商売がいいかな」

「へへ、そこで思いついたんですが、品物じゃなくて、金そのものを扱ってる大店があるでしょ」

「金を扱う商売」

「両替屋ですよ。大きな店なら一万や二万は貯えておりましょう」

「一万や二万、まるでお大名だな。よし、じゃあみんなで江戸に繰り出そうぜ」

都鳥一味は戸塚からそれぞればらばらに江戸に向かい、谷中の寺に集結した。

「おい、猿、佐太の野郎に聞いたが、てめえ、以前は江戸の町を転々と暮らしてたそうだが、町に詳しいか」

「へい、親分。ねぐらは定まっちゃいませんでしたが、あちこちはうろつきました」

「じゃ、両替屋を下調べしてこい」

「へい」

猿吉は江戸の両替商の下調べを命じられた。いやな仕事で気は進まないが、断ることはできない。

世間の通貨は金と銀と銭。手数料を取ってそれを両替する商いが両替商である。当然ながら、金蔵には金が唸っているだろう。

どんな店であろうと、都鳥一味に襲われたが最後、主人も家族も奉公人も生きてはいられない。店を下調べするのは、人殺しの手伝いをすることなのだ。何軒かまわって、手頃な両替商を見つける。

「へへ、親分、下谷《したや》の和泉屋《いずみや》はいかがでしょう」

「ほう」

「さほど大店でもありませんが、奉公人も少なく、店の周りは静かです。裏で高利貸しもやってるようで、金はありそうですぜ」

「さすが、猿は役に立つな。じゃ、さっそくだが、そこに決めよう」

この夜、下谷の和泉屋に押し入った都鳥一味の人数は孫右衛門や猿吉も含めて二十五名であった。

「ごめんくださいまし。夜分畏れ入りますが、ちょいとお願いいたします」

とんとんと戸を叩き、猿吉が声をかける。が、応答はなかった。

「もっとしっかり呼びかけろ」

「へい」

どんどんと大きく戸を叩く。

「もうし、和泉屋さん、お頼み申します。急なお願いで畏れ入りますが、お開けくださいな。もうし、もうし」

店の内側から気配がし、勝手戸が開いて、奉公人が顔を出す。

「なんですか。こんな夜分に」

「へい、切羽詰まりまして、お金を少し、お借りいたしたいんで」

「なんだい。そんな用なら、明日にしておくんなさい」

「そうはいかないんで」

大柄な子分が戸を無理やり押し開いて、中に入るなり、奉公人を突き殺す。

「うっ」

どかどかと入り込む都鳥一味。

「なんだ、どうかしたのか」

番頭らしいのが寝巻のまま灯りを手に飛び出てくる。

「おめえ、この店の番頭かい」

「そうだが、おまえさんたちは」

「見ての通りさ」

騒ぎに気づいて奥から主人や奉公人が次々と出てくる。

「どうした」

「こいつら、押し込みです」

孫右衛門は頭を下げる。

「和泉屋の旦那ですね。わたしら、通りすがりのもんですが、ちょいとばかり用立ててもらえませんか」

「お断りすると言ったら」

佐太郎が番頭を刺す。

「ぐええ」

宙をつかんで悶絶しながら倒れる番頭。

「わああ」

震えあがる奉公人たち。都鳥の子分たちが用意した灯りで店内を明るくする。

「言う通りにすれば、命は助けてやるが、そうでなければみんな、こうなる。旦那、奉公人をみんな集めな。逃げたり隠れたりするやつは見つけだして、殺すぜ」

「おまえさん、言う通りにしましょう」

子供を抱いた女房が言う。

「おかみさん、それが賢いよ」

集められた家族と奉公人は主人以外ひとり残らず子分たちに縛られる。

「これで全部だな」

「はい」

「じゃ、金蔵に案内しな。いやなら、女房と餓鬼の命はないぜ」

「おまえさん」

「わかった」

「おっと、錠前の鍵も忘れるんじゃねえぞ」

主人は金蔵を開ける。

「ほう、あるところにはあるねえ。おうっ、てめえたち、運び出せ」

「へい」

孫右衛門は主人を奉公人たちの座敷に連れ戻す。

「聞き分けのいい旦那に褒美をやらなくちゃ」

孫右衛門は主人夫婦の見ている前で子供の首を刎《は》ねる。

「なにをするっ」

「ああっ」

女房は泣き崩れる。

「だから、ご褒美に苦しませず殺してやったんだ。これでせがれは極楽へ行けるぜ。へへ、次は女房に極楽を味わわせてやろう。なかなか別嬪のいい年増じゃねえか」

そこからの惨劇、猿吉は思い出したくもない。女たちはみな、裸にされて子分たちに弄ばれ、主人も奉公人もひとり残らず殺された。

「みんな、ご苦労だったな。楽しんだかい」

「へーい」

「じゃあ、そろそろ引き上げようぜ」

谷中の寺に持ち込まれた金は五千両だった。

「明日になったら、下谷は大騒ぎになるぜ。これだけの金、戸塚まで持ち帰るのは厄介だ。少しほとぼりが冷めるまで待つしかあるめえ。おめえたちにも分け前はたっぷりやろう」

「ありがとうござんす」

子分たちは大喜びだ。

「吉原も近いし、思い切り遊びたいだろうが、しばらくは寺を動くんじゃねえ。寺は寺社方の支配で、なにがあっても町方は踏み込めねえ。岡場所も賭場も捕り方がうろうろしてやがるに違えねえからな」

おぞましい血の海が頭に焼きついて、思い出すだけで反吐が出そうだ。三日ほどくすぶっていたが、盗っ人仲間と寺でじっと過ごすのは気が滅入る。猿吉はそっと寺を抜け出した。行先は吉原。いやなことを忘れるには吉原が一番だ。懐には金もある。

大見世は金がかかるので、引手茶屋を通さず手頃なところで一晩遊んで、朝方大門をくぐると、声をかけられた。

「おまえさん、ちょいと顔を貸してくんな」

「なんです」

「訊きたいことがあってね」

「へえ」

「名前は」

「猿吉ですが」

男はにらむ。

「ふざけるな」

「いえ、ほんとですよ」

「住まいは」

「駒込の千駄木です」

「商売は」

「道具屋の番頭です」

「そうは見えねえな。身なりや髪型、どう見ても遊び人だぜ」

「いえ、ほんとです」

たしかにお店者《たなもの》には見えない。職人とでも言っておけばよかったか。

「道具屋の番頭が店を抜け出して、吉原で夜遊びかよ。店の銭、持ち出したか」

「いえ、自前で遊びました」

「そうかい」

男は猿吉を上から下までじろじろと見る。

「まだ他にも訊きたいことがあるんでね。悪いが、ちょいとそこまで付き合ってくんな」

目つきの鋭い男の仲間があとふたり猿吉を取り囲む。連れていかれたのが本郷《ほんごう》の武家屋敷。裏門から入って、庭に回ると、何人もの男たちが縛られていた。

「ここはどこです」

恐る恐る男に聞いてみた。

「火付盗賊 改 方《ひつけとうぞくあらためかた》、池上長七郎《いけがみちょうしちろう》様のお役宅だ」

「貴様、よい面構えをしておるな」

四

池上長七郎は四十過ぎの精悍な旗本。御先手組《おさきてぐみ》の組頭で加役《かやく》として火付盗賊改方を仰せつかり張り切っていた。町奉行所は北も南も生ぬるくて、悪人がけっこう大手を振っているようだ。御先手組は何組もあるが、念願の火付盗賊改方の順番がようやく回ってきたので、江戸の町をきれいにしてやろう。そう意気込んでいた矢先、下谷の両替商和泉屋が盗賊に襲われ、一家皆殺し、女は犯され子供の首まで切り落とされている。これには江戸中が震えあがった。

町方では定町廻や臨時廻が手先の御用聞きと動き回っているようだが、まだ手掛かりはなさそうだ。

長七郎はならず者あがりの手先を何人も使って、吉原、岡場所、賭場をあたらせた。見かけない顔の遊び人がいれば声をかけ、怪しいようなら、ここまで連れてくるように言いつけた。和泉屋では生き残りはおらず、どれほど盗まれたか不明であるが、相当な金額に違いない。一味は江戸から離れられず、遊里や賭場で遊んでいることも有り得る。そこで吉原帰りの猿吉も目をつけられ、ここに連れ込まれたのだ。

火付盗賊改方には町奉行所のような役所はなく、池上長七郎は自分の屋敷を役宅に使っており、厳重な牢もあって、遊び人たちはそこに押し込められ、呼び出されては口を割らされる。拷問は過酷であり、牢から出ていった者は半死半生で戻され、中には戻ってこない者もいた。おそらく責め殺されたのだろう。

「名はなんと申す」

後ろ手で縛られ、庭先で頭を下げる猿吉に、長七郎が尋ねる。

「猿吉と申します」

「ぷっ」

長七郎は笑う。

「名は体を表すとのこと。まさに猿じゃのう」

「ははあ」

「下谷の両替商和泉屋が賊徒に襲われた。そのこと、存じおるか」

「はい、恐ろしいことがあったと聞いております」

「そのほう、なにか心当たりはないか」

「さあ」

猿吉は首を傾げる。

「知らねば、思い出させてやろう。鞭打ちがよいか、それとも石を抱きたいか」

「石よりも、女を抱きとうございます」

「わきまえよっ」

与力が猿吉を叱りつける。

「まあ、よい。こやつ、面白いことを申す。猿よ。なにか知っておれば、悪いようにはせんぞ。知らなければ、ここの詮議は町方よりも厳しい。下手をすれば、命はないと思え」

「では、申し上げます。和泉屋へ押し入りましたのは都鳥の孫右衛門でございます」

聞いた池上長七郎の目の色が変わる。

「おおっ、それはまことか」

その夜、火付盗賊改方の役人四十名が武装し、下谷の寺を取り囲んだ。町奉行所と違い、火盗改は寺社や武家屋敷の捜索も許されている。

「門を開けよ。御用であるぞ」

貧乏寺の粗末な扉を軽々と叩き壊して中に踏み込む。本堂から寝ぼけ眼で飛び出す賊徒たち。抵抗する者は斬り殺され、塀を飛び越え逃げようとする者は外を固める同心に討ち取られた。裏口に逃れた住職も背中から斬られ、死者の数は十数名。捕縛されたのは孫右衛門、佐太郎他八名であり、盗まれた五千両は押収され本郷の屋敷に運ばれた。

翌朝、縛られた孫右衛門と佐太郎が牢から庭に引きずり出され、長七郎の前で這いつくばった。

「お役人様、どうか、命ばかりはお助けを。根城に戻れば、何万両と蓄えがございますので」

「さようか。何万両とは大きく出たな。貴様、このわしを金で籠絡する所存か」

「いいえ、そのようなだいそれたことは」

横で佐太郎が言う。

「お役人様、この男は都鳥の孫右衛門といい、戸塚の博徒で、街道筋を荒らしまわった賊徒の頭目でございます」

「おお、そうか。よくぞ申した。だが、そんなことは貴様に言われずとも知っておるわ。訊いてもおらぬのに、差し出がましいやつじゃ。石を抱かせてやろう」

長七郎の合図で、佐太郎の膝に石が置かれる。

「うっ」

「もっと抱かせてやれ」

「はい」

佐太郎の腰から下は何枚もの石に押し潰され、口から泡を吹き出して、そのまま絶命する。

「お役人様、ありがとうございます。裏切り者を片付けてくださり、この都鳥の孫右衛門、お礼を申し上げます」

「そうか、孫右衛門、他にも裏切り者がおるが、存じておるかな」

首を傾げる孫右衛門。

「猿よ。ここへまいれ」

「ははあ」

猿吉が長七郎の前に進み出る。

「この者が殊勝にも、貴様らの隠れておる寺を教えてくれたのじゃ」

「猿、てめえ」

孫右衛門は猿吉を睨みつけた。

「親分、すいませんねえ。おまえさんには恩も義理もございません。あの世で千次郎旦那がお待ちかねですぜ。だけど、おまえさんのこれから行く地獄は、未来永劫終わりのない、恐ろしいところでございましょう」

　長七郎が笑う。

「猿よ。未来永劫の地獄とは、なかなか面白いことを言う。で、この外道《げどう》の始末、その手で下してみるか」

「いえ、お殿様。あたくし、殺生は性に合いません」

「よし、わかった。都鳥の孫右衛門。よい手下を持ったな。猿に殺生されずに済んだぞ。これより口書きを取るゆえ、悪行を洗いざらい申すのじゃ」

「それで、お許しいただけますか」

「そうじゃのう。褒美として、苦しまずに、楽にしてやろうか。口書きがいやだと申せば、頭だけ出して地面に埋め、烏《からす》の餌食にするが、どうじゃ」

　猿吉は内心喜ぶ。孫右衛門が生きたまま鳥の餌食になれば、明烏の千次郎旦那も浮かばれなさるだろう。

「お役人様、申し上げます」

　孫右衛門は泣いて訴える。

「ほんの出来心でございます。悪いのは石を抱いて死んだ手下の佐太郎でございます」

「おお、そうか」

「なんでも洗いざらい申し上げます。どうか命ばかりは」

悪行の罪を手下に被せて誤魔化そうとする孫右衛門に猿吉は言う。

「親分、嘘はいけませんよ。あの世で閻魔様に舌を抜かれますぜ」

長七郎はうなずく。

「いや、あの世でなくとも、今、ここで舌を抜いてやろう。これ、やっとこを持ってまいれ」

「ははあ」

頭を下げる小者。

「いえいえ、そればかりはご勘弁を。洗いざらい申し上げます」

とうとう孫右衛門は街道筋で働いた悪事の数々を白状する。

「それでいいんだよ、親分。千次郎旦那はあの世でおまえを待ってなんかいない。殺しも手込めも戒めたんで、閻魔様に大目に見てもらって、舌も抜かれず、今頃は極楽に行ってなさる。おまえの行く先は針の山と血の池と熱い火の渦巻く終わりのない無《む》間《げん》地獄だ。あばよ」

捕らわれた孫右衛門一味は打ち首となり、凶悪な賊徒を成敗した火付盗賊改方は絶賛され、池上長七郎の名は江戸中に鳴り響いた。

「猿よ」

「ははあ」

　牢から出され、庭に平伏する猿吉。

「貴様の働き、見事であった」

「いいえ、滅相もない。たまたま運がよかっただけのこと。盗賊が吉原で遊んでいるなんて、お殿様、よくぞ思いつかれました。片割れのあたくしを捕らえてくださいまして、そのおかげです」

「賊徒の手下も、盗みは死罪じゃぞ」

「はい、孫右衛門と佐太郎が死んで、あたくし、もう思い残すことはありません。どうぞ、お好きになさってくださいませ。責め殺されるのはいやですから、あっさりやっておくんなさい」

「首はいつでも刎ねられるが、どうじゃ、貴様は盗っ人どもの動向に詳しかろう。火盗改は今、世間で評判になっておる」

　賊徒都鳥一味の捕縛は瓦版《かわらばん》になり、火付盗賊改方の人気は高まっている。

「今後は忙しくなりそうじゃ。命は助けてやろう。わしの手先として、働かぬか」

「えっ、お殿様の」

「猿から狗《いぬ》になるのじゃ。それも一興じゃのう」

池上長七郎は手を回し、猿吉を駒込の裏長屋に住まわせた。江戸の町の悪事を嗅ぎまわり、しばらくは火盗改の狗として働くようにと。明烏一味にいた頃から下調べは得意だったので、猿吉は巷《ちまた》の悪い噂を探り当て、本郷の役宅を訪ねて庭先で報告する。

小さな悪事、こそ泥ぐらいは町方に任せればいい。火盗改がお縄にするのは大盗賊に限る。そうは言っても、なかなか大物の盗賊が江戸で暴れることはない。なにしろ、江戸には泣く子も黙る池上長七郎の目が光っているのだから。

次の大手柄に行き当たる前に、残念ながら池上は失脚した。火付盗賊改方の加役はたいてい一年で交代、手柄を立てれば数年は続くはずなのに、一年もしないうちに役目を解かれ、その上、御先手組弓頭も罷免となり、四百石はそのままだが、無役の小普請入りとなった。

広い座敷の上座で、昼間から酒を飲んでいる池上長七郎。その前に平伏する猿吉。

「猿、久しぶりじゃのう。まあ一杯つきあえ」

猿吉はするすると長七郎の前に進む。

「畏れ入ります」

「なあに、配下の与力や同心はみんな離れた。手先の博徒も遊び人もここには寄りつかん。どうやらわしはならず者どもにも嫌われているようじゃ。貴様だけはわしを見限らずにこうして屋敷に訪れる。さあ、飲め」

「ありがとうございます」

長七郎は大きく溜息をつく。

「せっかく江戸の町を大掃除してやろうと思うたのに、ままならぬ世の中じゃわい」

「お察しいたします」

「幕閣も人を見る目がないのう。まあ、いずれ返り咲いてみせるぞ。貴様は今まで通り、わしの狗を続けて、町で拾った耳よりな話を聞かせてくれ。なあに、金なら心配するな。寺から持ち帰った都鳥の千両箱、ひとつだけ、屋敷に置いてある。火盗改を続けていれば、もっと役得の実入りがあったろうに、惜しいことをした」

押収した五千両のうち、四千両は公儀に届けたが、千両箱ひとつは池上が着服している。お役を解かれても暮らしには困らないわけだ。盗っ人の上前をはねるとは、隅に置けない殿様だぜ。猿吉は内心感心する。

だが、よほど気落ちしたのだろう。池上長七郎は返り咲くどころか酒ばかり飲んでいる。猿吉は時おり屋敷を訪ねて酒の相手を仰せつかった。この歳になるまで、盗みのお勤め以外に働いたことがなく手に職もない。今更こそ泥を働く気もない。飲みながら世間話をするだけで、いい小遣いになった。

「殿様、最近はお屋敷にお女中方の姿が見えませんね」

「うん、そのことか。ははは」

長七郎は笑う。

「奥が里に帰ったので、女中たちもみなついていった。今は男所帯である。口うるさい女どもがいなくなり、清々しておるわ」

広い屋敷のどこか知らぬが、時たま大きな声が聞こえる。

「その割にお客様がいらっしゃるようですが、殿様、ここであたくしなんぞの相手をなさっていてよろしいんで」

「客とはいっても、大事ない。どうせ無役なので、屋敷の一部を町人に使わせているのじゃ」

「町人に。お旗本のお屋敷をですか」

「さよう。それも一興じゃ」

　聞けば、池上長七郎は菊坂町《きくざかまち》の勝五郎《かつごろう》という博徒に屋敷を貸し、賭場を開いているというのだ。近所の寺で小博奕で稼いでいた勝五郎は池上が火盗改をしていたときの手先のひとりで、元々博徒である。上客だけの賭場を開くには旗本屋敷がなにより。しかも元火盗改の殿様なら、町方に踏み込まれる心配はなく、客筋は金離れのいい上品な大店の主人や若旦那に限り、無頼の遊び人は寄せつけない。安心して遊べるというので裕福な客が集まり、社交の場にもなっている。屋敷を賭場にするとは。それで奥様や女中たちは逃げ去ったに違いない。

「ところで猿、貴様にひとつやってほしい仕事がある」

「へい、殿様のためでしたら、なんでもやらせていただきます」

「わしがなにゆえにお役御免となったか、そのわけがようやくわかったのじゃ」

「さようでございますか」

「うむ。讒訴《ざんそ》した者がおってな」

「へええ。泣く子も黙る火盗改の殿様を讒訴するとは大胆な。なにものでございますか」

「北町奉行、柳田河内守《やなぎだかわちのかみ》じゃ。腑抜けの町方め。火盗改に手柄を取られて、妬《ねた》んだ末にあることないこと若年寄に訴えおって」

「あることとないことでございますか」

「和泉屋の一件で、ならず者どもを何人も屋敷に連れ込み、吐かせるために厳しく詮議したこと、貴様も存じておろう」

そのとき、連れ込まれたひとりが猿吉だったのだ。

「ここで責め殺された遊び人の中に厄介《やっかい》なやつがおってのう」

「厄介とは」

「その名の通り冷や飯食いの厄介者でな。直参のせがれが家を飛び出し、無頼の中にまじっておった。旗本といえば、将軍家をお護りし世の秩序を護る武士の鑑《かがみ》であるべきじゃ。その次男が博徒に交わる遊び人とは、世も末じゃな。しかもこやつ、思いのほか脆弱な質《たち》ゆえ、あっけなく死におった。それを親父が河内守にねじこみ、河内守めが裏でここぞとわしのことを調べ、尾ひれをつけて若年寄に訴え、わしは火付盗賊改方を解任となり、しかも御先手組弓頭さえお役御免となった」

「さぞ、ご無念のこととお察しいたします」

「そこで貴様にひと働きしてもらおう」

「なんなりと仰せくださいませ」

「河内守の身辺を探れ」

「柳田河内守のでございますか」

「なにか弱みがあれば、今度はこっちで恨みを晴らしてやる」

猿吉は池上に言われて北町奉行柳田河内守の周辺を探った。たいして評判はよくないが、悪い噂もなかった。叩いてもほこりひとつ出ないか。これでは池上の殿様にも報告できない。

江戸の町に住んでいても、一介の町人が町奉行に近づくことは無理だ。顔を見ることさえ憚《はばか》られるが、そこはなんとかして、町奉行が役宅の奉行所からお城に行くときに駕籠《かご》に乗るのを遠くからちらちらと見て、顔だけは憶えた。町奉行は三千石のお旗本、守名《かみな》もついており、四百石の池上の殿様よりはかなり格が上だな。歳は四十前後だが、実際はもっと上かもしれない。

尻尾《しっぽ》でも出してくれないかと夕暮れの呉服橋《ごふくばし》あたりをうろうろしている。と、北町奉行所から出てきたふたりの侍。猿吉ははっとする。ひとりは間違いなく河内守ではないか。もうひとりはおそらく家来か配下であろう。

辻駕籠が呼び止められて、奉行が乗り、お供は周りを見回し、駕籠に付き従って、歩き出した。

どこへ行くのだろう。夕暮れに辻駕籠を拾うとは、不審な気がする。お忍びというわけかな。そっとつけると、これが呉服橋から日本橋に出て、本町通りを東に向かい、浅草御門から北へと進み、さらに浅草寺《せんそうじ》の北の田圃《たんぼ》道を行き、日本堤《にほんづつみ》で駕籠から降りて、吉原の大門をくぐった。ちぇっ、なんだ、お奉行様も遊ぶんだな。

「というわけでございます」

「さようか。河内守も女遊びか。だが、町奉行が吉原へ行ったぐらいでは咎められはせんぞ。大名でさえ、吉原の茶屋で饗応されている」

「はい、そう思いまして、河内守の周囲を続けて見張っておりますと、かなり頻繁に通っておる様子」

「なに、頻繁にじゃと」

「はい、ひょっとして、ご執心の花魁《おいらん》でもいるんでしょうかねえ」

「うむ。吉原での河内守の動き、もう少し探ってまいれ」

「はあ、引手茶屋から大見世、あたくしごときがなかなか中までは探索できかねますので、外で見張りながら、探るといたしましょう」

「うーん」

長七郎は唸る。

「外からでは埒《らち》があかんのう。あっ、そうじゃ。河内守の吉原での茶屋の座敷に入り込む手立て、よいことを思いついた」

「座敷に入り込む手立てでございますか」

「さよう。猿よ。貴様、貧相な割になかなか愛嬌のある面をしておる。それに口もうまい。幇間になれ」

「幇間でございますか」

「ふふ、茶屋の客をおだてて引き立て、座敷を盛り上げる男芸者じゃ。貴様ならうってつけと思うがどうじゃ」

第三章　幇間銀八《ぎんぱち》

一

池上長七郎から幇間になれと言われ、猿吉は考える。顔に愛嬌があろうと、口がうまかろうと、だれでもすぐになれるとは思えない。吉原で遊んだことはあるが、そもそも幇間をあげたことは一度もなかった。

「殿様、では、ひとつ吉原で幇間をあげて、実地に見聞いたしとうございます」

そう言ったら、長七郎はうなずき、ぽんと大枚の金を出してくれた。四百石のお旗本であり、その上、都鳥からせしめた千両箱はまだ底をついておらず、近頃では賭場のあがりが相当に入ってくる。無役になったおかげで格式を保つ出費もさほどかからず、奥方もいなくなり、何不自由のない贅沢《ぜいたく》暮らし。おかげで気前がいいのだ。

「吉原で遊ぶには身なりも整えた方がよかろう」

「はい、仰せのとおりにいたします」

何年ぶりかで大門をくぐり、手頃な引手茶屋の中を覗く。

「ようこそ、おいでなさいませ」

「うん、世話になるよ。いいかい」

「どうぞ、どうぞ、おあがりください」

猿吉の上等な身なりを見定め、番頭は相好《そうごう》を崩して、迎え入れる。

「旦那、お目当てのお見世はお決まりでしょうか」

「いや、久しぶりなんでね。そこはおまかせします。それと、景気づけに芸者と幇間を呼んでおくれ」

懐《ふところ》に軍資金はたっぷりとある。

「じゃあ、番頭さん、これを預かってくれないか」

「ははあ」

ずっしりとした財布を押し頂く番頭。

「かしこまりました。では、こちらへどうぞ」

二階の座敷に通され、酒と肴が出てきて、艶《あで》やかな芸者が三人。ひとりが三味線《しゃみせん》、ひとりが踊り、ひとりがぴたっと寄り添い酌をしてくれる。しばらくして、待ちかねていた幇間が現れた。

「よっ、旦那、お待たせいたしました」

猿吉はじっくりと観察する。五十は過ぎていようか、小柄なところは猿吉と同じ、顔はお世辞にもいい男とはいえず、それでも満面に笑みを浮かべている。挨拶の仕方、酒の注ぎ方、芸者の三味線に合わせて狭い座敷で器用に踊る所作、なるほど、これが幇間というものか。

やがて番頭が座敷の入り口に控える。

「旦那様、水月楼《すいげつろう》からお迎えが参りました。どうぞ」

「おお、そうかい。ご苦労だね。あ、そうだ。久々の大見世、ひとりであがるのも気がひけるな」

猿吉は幇間をじっと見る。

「どうだい、おまえさんもいっしょに来ないかい」

「へえぇっ」

幇間は舞い上がって声をあげる。

「あたくしがでございますか。旦那と」

「そうだよ、いっしょに付き合っておくれ」

「はい、ありがとう存じます。よろしゅうございますとも。今日は日がいいようでございます。どこまでもお供いたします」

結局、猿吉は幇間とともに大見世の水月楼にあがり、花魁と一夜を過ごした。

「旦那、おはようございます」

幇間が座敷の入り口で手をついて挨拶する。

「うん、おはよう。じゃあ、茶屋まで付き合っておくれ」

「はい、どこまでもお供いたします」

茶屋で支払いをすませても、まだ財布には余裕がある。

「さ、師匠《ししょう》、少ないけど祝儀だ」

「ひやあ」

幇間はまたもや舞い上がる。

「ありがとうございます。夕べはさんざん楽しませていただいたその上に、過分のご祝儀まで頂戴いたしまして」

「じゃあ、ちょいとそこらへんで朝飯でも食わないか」

大門を出てしばらく行ったところに湯豆腐の暖簾《のれん》。

「あ、そこの湯豆腐屋はどうだい」

「うわあ、湯豆腐。乙でございますねえ。あたくし、冬に限らず、年中湯豆腐が大好物でして」

小座敷にあがり、湯豆腐で朝から一杯。

「さ、旦那、どうぞ」

「おお、すまないね。おまえさんも一杯いこう」

「旦那にお酌していただくとは、畏れ入ります」

「実はなあ、師匠。ええっと、おまえさん、名前はなんだったっけ」

「いやですよ、旦那。もうお忘れですか。花川戸《はなかわど》の金八《きんぱち》、これをご縁に、どうぞ今後ともご贔屓《ひいき》に」

「そうそう、金八さんだったね。ゆうべ会ったばかりのおまえさんに、ひとつ、頼みたいことがあって」

身を乗り出す金八。

「なんでございましょう。旦那の頼み、決していやとは申しません」

「ほんとかい」

「はい、たとえ火の中、水の中」

「じゃあ、金八さん、おまえさんを男と見込んで頼みがある。実はあたし、ゆうべは死ぬつもりで吉原で散財した」

　金八は目を丸くする。

「なるほど、豪勢な遊びっぷり、あたくし、感服いたしました。死ぬ気で遊ぶとは、あたくしのような意気地なしには及びもよらぬことでございます」

「まあ、ちょいと話をするとね。親父が死んで、跡取りだったあたしが店を継いだんだが、商売に身が入らず、老舗《しにせ》の道具屋をとうとう潰しちまった。裏長屋に移って、店を売った金もほとんどなくなり、今じゃ着物だって、とっておきのこれ一枚きり。生きていてもこの先、どうしようもない。そこでこの世の見納めに、吉原でぱあっと遊んで、それから死のうと思ったんだよ」

「ひやああ、驚きました。それで死ぬ気に」

「まあ、そんなところだ」

「で、あたくしになにかお手伝いできましょうか。首吊りの縄でも探して、旦那が苦しまず上手に死ねるように下から足を引っぱるとか」

　猿吉は首を横に振る。

「そうじゃない。一度は死のうと思ったが、ゆうべのおまえさんを見ていて、ふと思ったんだよ。今死んでもつまらない。もう少し、面白おかしく生きてみようってね」

「おお、それがよろしゅうございますよ。死んで花実が咲くものかってね」

「どうだい、師匠。あたしをおまえさんの弟子にしてはもらえないか」

「えっ」

金八は息を呑む。

「旦那をあたしの弟子に。ご冗談を」

「いや、本気だよ。死ぬ気になれば、なんだってできる。そう思うだろ」

金八は猿吉をじっと見つめる。

「おまえさん、浜野屋の旦那と聞いたが、名を問われたが、猿吉というわけにもいかない。

金八の口調がいきなり変わる。名を問われたが、名前は」

「浜野屋の千吉、店はとっくになくなったがね」

「ふうん、ゆうべは金離れのいい旦那と思って、これからもご贔屓願おうと思い、奉《たてまつ》ったけど。そうかい。おまえさん、店も金もなくなって、あたしの弟子になりたいんだって」

「引き受けてくれないか」

「さあな」

首を傾げる金八に猿吉は頭を下げる。

「師匠、どんな頼みでも決していやとは言わない。たとえ火の中、水の中って言ったろう」

「ふんっ」

金八は鼻を鳴らす。

「馬鹿言うない。金のある旦那と思えばこそ、そうは言ったが、おまえ、弟子になりたいってんなら、上座に座って、その偉そうな口の利き方はなんだよ」

猿吉ははっとして、平伏する。

「こりゃあ、師匠。失礼いたしました。どうぞ、あたくしを幇間の弟子にしてくださいまし」

「そうだなあ。幇間は芸人だ。おまえ、なにか芸はできるのか」

「これはいかがでしょう」

猿吉はさっと逆立ちをする。

「馬鹿野郎。裾がまくれて、客の前で汚いふんどし見せてどうする気だ」

「すいません。では、こんなのは」

とんぼ返りを見せる。

「駄目だよ。狭い座敷でそんな荒っぽい真似したら、湯豆腐にほこりが入るじゃないか」

「これはどうです。蟹の横這いとござい」

猿吉は角兵衛獅子で覚えた芸を見せる。

「ほう、まああだな。三味線は弾けるのか」

「いいえ」

「唄は」

「まるでできません」

「柄も小さく、見た目も貧相で、男っぷりもよくないが、あんまりいい男だと客が引き立たない。唄や踊りが客より上手過ぎると、これも白ける。よし、とりあえず、今から花川戸のうちまで来い」

「ありがたいっ。そうこなくっちゃ。はい、師匠、どこへでもお供いたします」

「あ、まだ財布にいくらか残ってるだろう。ここの勘定は頼むぜ」

「はい、お任せくださいませ」

金八の住まいは花川戸の裏長屋である。女房も子もおらず、家の中は相当に汚く、雑然としている。

「けっこうなお宅でございますねえ、師匠」

「汚くてすまないな。あとで掃除してくれ」

「はいっ」

「ところで、おまえ、住まいはどこだい」

「店が潰れてからは、駒込の長屋に移りまして」

「ふうん、駒込か。ちょいと遠いな。おまえ、所帯道具はあるのか」

「ですから、もうなんにもなしのすっからかんで、この着物一枚だけ」

「うちは狭いから内弟子は無理だが、どっか安い裏長屋を世話してやろう。朝のうちは寝てるから、毎日、昼過ぎてから来るがいい。幇間の商売は夜だけだ」

「夜だけですか」

「そうだよ。夜に稼ぐのは幇間と盗っ人ぐらいなもんだぜ」

「うまいっ。幇間と盗っ人とは、師匠、うまいことおっしゃいますねえ」

金八が請け人になり、間もなく猿吉は花川戸からさほど遠くない今戸の長屋に住まいを移す。九尺二間はどこも同じだが、相当に古くて汚い裏長屋であり、畳はなく、壁はところどころはがれており、店賃《たなちん》は安い。昼を過ぎた頃、今戸から花川戸まで行き、師匠の飯を作り、掃除や洗濯をする。

お座敷がかかったときは、金八は大威張りで猿吉を従え、置屋に紹介する。

「あたくしもようやく弟子を持つ身分になりました。ふつつかな弟子の銀八でございますが、どうぞよろしゅうにお頼み申します」

猿吉は金八の弟子、幇間見習いの銀八になった。


「殿様、あたくし、幇間になりました。今後は銀八を名乗ることにいたします」

「さようか。銀八とな。幇間らしい名じゃ。猿吉よりはよほどよいのう」

「住まいは駒込から今戸に移しました」

「では、さっそく柳田河内守の吉原での動き、探ってまいれ」

「ははあ」

とはいえ、幇間の見習いが柳田河内守の座敷を探るのは容易ではない。そもそも師匠の金八はたいして売れておらず、贔屓の旦那もほとんどいなかった。たいてい一見《いちげん》の客になんとか食いつこうとして、愛想を振りまいているが、置屋の女将《おかみ》にも芸者衆にも受けが悪く、花川戸の長屋でじっとしており、たまに置屋に顔を出して、口がかかれば、銀八を連れてお座敷を勤める。

「そっちの若いの、おまえもなにかやってみな」

「へーい」

お座敷で客から言われて蟹の横這いをやると、これがけっこう受けるのだ。

「はっはっは、いいねえ」

銀八がその場で褒められると金八の目が光る。

「こりゃあ、旦那、弟子を贔屓にしていただき、ありがとう存じます」

「いい弟子じゃないか。これから楽しみだな」

だが、その後がいけない。花川戸の師匠の家に戻る道すがら、ねちねちと小言を言われる。

「おまえ、間が悪いな。芸もないくせに、あたしより目立ってどうするんだ。幇間は客を引き立ていい気にさせるのが商売だが、弟子は師匠を引き立てなきゃいけない。それをなんだ」

そんなことが続くと、金八は座敷に呼ばれても銀八を連れていかなくなる。師匠を通さずに銀八がひとりで座敷に呼ばれることはない。

銀八の思惑はとりあえず柳田河内守の吉原での動きを探ること。幇間として名を売り出世することなど考えておらず、これ以上、師匠の長屋で掃除や洗濯をしていても仕方がない。

「師匠、長々とお世話になりました」

「たいした世話なんぞ、していないや。これからどうする気だ。座敷に出られなくていいのか」

「はい、死ぬ気になれば、なんとかなりますよ」


明烏の千次郎旦那の下で身につけた技量としたたかさがあれば、お座敷がかからなくても、茶屋であろうと大見世であろうと、すんなりと入っていける。するすると高いところに登り、細い隙間を通り抜け、気づかれず座敷に忍び込むのはお手の物。見咎められれば、へらへら笑って扇子《せんす》で額《ひたい》をぽんと打ち、失礼しましたあ、と頭を下げればそれで通ってしまう。そこが花柳界のいい加減なところで、気に入っている。

柳田河内守が吉原へ行くのは月に三度か四度、かなり頻繁である。そっとつけて、茶屋から京町《きようまち》一丁目の松実屋《まつみや》へ行くこともわかった。いつも河内守を饗応しているのが裕福そうな町人。そこで銀八はそっちも調べることにした。

「なに、河内守をもてなしておるのは津ノ国屋《つのくにや》と申すか」

「はい、神田《かんだ》で質屋《しちや》をしているらしく」

「質屋。ほう、質屋が町奉行を饗応しておるのか。なにかあるのう。もう少し深く探りを入れるがよい」

　ところが、しばらくすると、津ノ国屋も河内守も吉原で遊ばなくなった。河岸を替えたのだろうか。呉服橋をうろうろしていても奉行はいっこうに外へ出てこない。奉行所が忙しくなるような大きな一件でも持ち上がっているのか。

　そこで銀八は神田小柳町《こやなぎちょう》の津ノ国屋を探る。質屋の他に招福講《しょうふくこう》という妙な講で助け合いの勧進元《かんじんもと》をしているらしい。

「河内守はその後、動く気配がありませんね」

「おとなしくしておるのか」

「そのようですが、質屋の津ノ国屋をあたってみますと、派手な商売をやっております」

「質屋が派手な商売とな」

　長七郎は怪訝そうに眉をひそめる。

「今、江戸でけっこう評判の招福講という新手《あらて》の無尽《むじん》のような講がありまして、その勧進元が津ノ国屋なんでございますよ」

「新手の無尽」

「ちょいと調べてみましたが、奉納金を納めて、毎月掛け金を支払い、年に一度のくじ引きに当たれば千両が貰えます。うまくいけば、楽して金が手に入るありがたい講という触れ込みで金をかき集めているようで」

「陰富《かげとみ》じゃな」

にやりと笑う長七郎。

「博徒の胴元より質《たち》が悪そうじゃ。愚かな民を欺き、金を集めるそのような無法、なにゆえに咎められぬのか。ふふふ、なるほど、町奉行の柳田め。津ノ国屋からの袖の下で、目こぼししておるに相違ない。河内守、尻尾《しっぽ》を出せばお役御免の上、改易ともなろう。よし、しばらく陰富の質屋から目を離すでないぞ」

だが、相変わらず、大きな動きはない。津ノ国屋はますます繁盛し、柳田河内守は吉原で遊ばず、じっとおとなしくしているようだ。それでも銀八、その都度の報告は怠らない。

「殿様、今夜も御開帳ですかな」

「さよう。金にゆとりのある商人どもが目の色を変えて遊んでおる。愚かなものよ。愚かといえば、質屋の陰富、その後、町方に手入れされることもなく、繁盛しておるのか」

「さようで。博奕《ばくち》よりひどいもんです。あれじゃ、まるで盗っ人同然、いや、善人面しているところは盗っ人よりも悪うございます。おそらく金蔵に小判が溢れておりましょう」

「ふっふっふ。ならばそのうち天罰が下るであろう」

たしかに天罰が下った。津ノ国屋の金蔵から大金がごっそりと消え、主人の吉兵衛《きちべえ》がお縄になり、店はあっけなく潰れて、招福講も解消され、講に出費していた江戸の衆はみな大損して泣き寝入りとなった。

「ふふ、大事になっておるようじゃな。貴様、なにか聞いておるか」

「はい、死人がたくさん見つかったようです。実はあの騒ぎの前の晩、あたくし、小柳町のあたりをぶらついておりまして」

「ほう」

「怪しいならず者たちが津ノ国屋の裏口から入り、だれも出てきません。なにかあるな。そう思ってしばらく様子をうかがっておりますと、青白い顔の浪人がすうっと出てきまして、まるで死神みたいなぞっとする顔で立ち去りました」

長年の盗っ人稼業で、銀八は夜でも目が利くのだ。

「死神とな」

「あの顔が忘れられません。殺気が凄まじく、そのときはまだ気づきませんでしたが、後日に見つかった大勢の死人、その浪人の仕業《しわざ》ではないでしょうか。跡をつけようと思ってみたものの、夜は遠く離れると見失います。近づくとすぐに気づかれる。それで諦めました」

銀八は足音を立てずに歩くこともできるが、凄腕の剣客相手では危ない。

「そのあと大騒ぎになったんでございますよ。たくさんの亡骸《なきがら》、ごっそり消えた金」

間もなく、津ノ国屋吉兵衛にお裁きが下り、大番頭の定七郎《さだしちろう》とともに小塚原《こづかっぱら》に獄門首を晒し、世間を騒がせた招福講の一件も落着となった。

さらに北町奉行柳田河内守が津ノ国屋からの献金として、多額の金を不正に受け取っていた事実が判明し、様々な余罪も浮き上がった。河内守は追及を逃れるために腹を切り、柳田家は即刻断絶となった。

「めでたいのう」

池上長七郎は憎い河内守が腹を切ったので、満足している。銀八は扇子をぱたぱた。

「切った、切った、腹切った。河内守めが腹切った。おめでとうございます。ですが殿様、あたくしはなにひとつ、お役に立てませんでした」

「まあよい。天が裁きを下したのじゃ。貴様には貴様の使い道がある。ひとつ気になるのは、津ノ国屋の金。どこへ消えたのであろう」

「お上の手で没収との噂でございます」

「公儀は体面を重んじるあまり、常になにか隠そうとする。大身《たいしん》の旗本のせがれが無頼に加わり、火盗改に責められて死んだことは決して表に出ず、わしだけがお役御免となった。わしが都鳥を成敗してからというもの、江戸では大きな盗賊騒ぎは起こっておらぬ。陰富で派手に稼いだ津ノ国屋の金蔵、黄金の小判で溢れていたはずじゃ」

「殿様、金が消えて津ノ国屋は潰れましたが、お上が没収したというのが、ただの噂に過ぎないのなら」

「うむ。よほど手慣れた賊徒の一味が巧みに金を奪って消えたのではないか」

さすが元火盗改、そっちに話がいくようだ。

「では、盗賊の仕業でございましょうか」

たしかに有り得ない話ではない。津ノ国屋の金蔵、名のある盗っ人ならだれでも血が騒ぎ、舌なめずりして目をつけるはずだ。とすれば、あの夜に見た死神のような浪人、あれが盗っ人か。

「それを表沙汰にできぬのは、町奉行の不正もあってのこと。河内守が腹を切ったのを幸いに、津ノ国屋を速やかに獄門にしたのも公儀の面目《めんもく》を保つためであろう」

その年の暮れ、河内守の後任の北町奉行戸村丹後守《とむらたんごのかみ》が変死する。

「公儀はどうなっておるのかのう。腑抜けた町方なんぞに江戸の民は守れぬぞ。だから、わしが火付盗賊改方を続けておればよかったのじゃ。そろそろ江戸で盗賊が暴れるやもしれぬ。そうじゃ、銀八よ。貴様は賊徒に通じておろう。盗賊どもの動向に目を光らせるがよいぞ」

「はいっ、承知いたしました」

目を光らせろと言われてもなあ。銀八は都鳥の手先でありながら、一味を火盗改に売って、狗になった経緯がある。裏の世界の盗賊たちにそのことが知れたら、どんな仕置きが待っていることやら。なるべく盗賊とはかかわりたくなかった。

ときどき本郷の屋敷で長七郎から小遣いを貰い、浅草あたりで安酒を飲んで、だらだらと過ごしている。師走《しわす》に新任の町奉行が死んだのと同じ頃、師匠の金八も死んだのだ。それも河豚《ふぐ》にあたって。結局、弔《とむら》いにも顔を出さなかった。吉原もすっかり遠のいた。

毎日、今戸から浅草寺まで出向いて、観音様に手を合わせ、近所の飯屋で一杯飲んで一日が終わる。たまに懐が寂しくなると、本郷で殿様の酒の相手をする。

春が過ぎ、夏になって間もない頃、いつもより早起きしたら、世間がなにやら騒がしい。

「日本堤で仇討《あだう》ちがあるぞう」

だれかが叫んでいる。今戸から近いので、興味が湧いて、足を延ばすと、人垣の中でちょうど斬り合いの最中。人相の悪いならず者を何人も従えた年配の武士が、若い武士と向かい合っており、この若いのが討手《うって》であろう。若いのが危ない。返り討ちか。と思えば、助太刀の浪人があっという間にならず者たちを斬り捨てた。

「うわあ」

あまりの凄まじさに歓声があがる。江戸の町の中で斬り合いなんて滅多にあることではない。敵は見事に討たれ、仇討ちは成就となり、助太刀の浪人に礼を言う若侍。

「あっ」

助太刀の顔を見て、銀八は小さく声を発した。あの夜、津ノ国屋の裏口から出てきた死神にそっくりだ。浪人は若侍と別れ、その場を立ち去っていく。もしやと思い、さっそく跡をつけ、本郷の屋敷に久々のご注進。

「殿様、今夜もお盛んでよろしゅうございますねえ。上品なお客様方がお集まりのところ、あたくしのようなむさ苦しい者がうろちょろしては、さぞお目障り、ご迷惑でござんしょうが、明るいうちはかえって人目につきますから、どうぞ、ご容赦を」

「よい、よい。この屋敷は毎度無礼講じゃ。盃をとらす、近うまいれ」

「ははあ、頂戴いたします」

銀八に酒を注ぐ長七郎。

「ところで、しばらく顔を見せなんだが、いかがじゃな」

「へっへへ、この銀八、殿様に喜んでいただけますよう、及ばずながら誠心誠意、働かせていただいております。ようやく、目途《めど》がつきましたので、ご報告にまかりこしましてございます。例の死神を見つけました」

「なに、津ノ国屋から姿を消した浪人を見かけたと申すか」

「同じ浪人かどうか、まだはっきりはしません。が、死神のような顔はちょいと忘れられませんから。やはり凄まじい殺気を漲《みなぎ》らせております。日本堤で人を斬って昂《たかぶ》っていたのでしょう。昼間だったので、かなり離れて跡をつけました」

「ほう、跡をつけたか」

「日本堤から浅草を抜けて、蔵前《くらまえ》から日本橋の本町まで、なんとか気づかれずに」

「して、その浪人、何者かわかったのじゃな」

「いいえ、まだそこまではわかりませんが、田所町の裏長屋に入っていきました」

二

池上長七郎から浪人の素性を調べるように命じられた銀八、住まいが田所町の長屋と突き止めたので、それとなく身辺をあたってみる。

津ノ国屋が潰れてからもう半年近く経っている。あの夜に見た死神のような浪人と、日本堤で何人も人を斬った浪人。青白い顔と殺気の漲る後ろ姿は似ていても、同じ人物かどうかはわからない。池上の殿様は津ノ国屋の一件が盗賊の仕業だと決めてかかっているが、それもほんとのところ判然としない。

元盗賊の手下であり元火付盗賊改方の狗である身として、とりあえず怪しい浪人について調べることにした。下調べは盗っ人稼業で慣れている。

どこにでもありそうなありふれた裏長屋。浪人は歳の頃は四十前後、独り暮らしのようだ。盗賊一味に凄まじい剣の使い手がいてもおかしくはないが、そんな男が町の裏長屋に住んでいるだろうか。他の住人は職人や小商人《こあきんど》であろう。

浪人は昼に長屋を出た。腰に刀を差し、風呂敷に包んだ大きめの荷物を手にしており、さほど殺気はないが、相変わらず死神のような青白い顔に表情はない。銀八は気づかれないよう、かなり距離を保って跡をつけた。あのような荷物を携《たずさ》え、いったいどこへ行くのだろう。なんだか怪しい。

両国広小路から浅草御門を北に渡り、蔵前から浅草寺へ。着いたのは見世物や露店で賑わう奥山《おくやま》だった。浪人は盛り場を手配する若い衆に声をかけて挨拶し、風呂敷から出した台をさっと組み立て、ガマの置物を置いて、素早く鉢巻と襷《たすき》で身なりを整え、口上を述べる。

「手前、持ちいだしたるは、これなる四六《しろく》のガマの油じゃ。さて、お立合い」

ガマの油売りだったのか。殺気を漲らせて、日本堤で瞬時に何人も人を殺害した凄腕の剣客が、奥山の露店でガマの油を売っているなんて。さっそく池上の殿様に報告する。

「その浪人、ガマの油を商うておるのか」

「遠くから見ておりましたら、懐から出した半紙をひらひらと宙に浮かせたかと思うと、脇差しでささっと切り刻み、紙吹雪を舞わせました」

「ほう」

長七郎は大きく息を吐く。

「宙に浮かぶ半紙を切り刻んだと。尋常ではないな。そのような剣技の持ち主が露店でガマの油売りとは、なにかあるに違いない。目を離すでないぞ。浪人が住まいいたす長屋には、他に変わったことはないか」

銀八は首を傾げる。

「さあ、どこにでもある長屋で、住んでるのも職人や小商人のようで。あっ、そういえば、ひとり大男がおります」

「大男とな」

「相撲の関取みたいに図体《ずうたい》が大きくて、あんなのに道でぶつかりたくありません」

「ほう、凄腕の剣客と大男がおるのじゃな。他の住人はどうじゃ」

「変わったことはありませんが」

「よし、その長屋のこと、さらに詳しく調べよ」

住人はガマの油を売る不気味な浪人と、なにかよくわからないが引きこもっている大男。同じく家から出ない年配の女。あとは仕事師らしい出職《でしょく》、荷を担ぐ小商人、道具を持ち歩く流しの職人、夕暮れから出ていく文人風、中でも人目を惹く別嬪。

「十軒長屋で店子は九人、浪人と大男以外は、さほど怪しくもありません」

「銀八、十軒に九人、みんなそれぞれ独り者か」

「はい、夫婦も子供もおりませんね」

「では一軒は空いておるのじゃな」

「そう思われますが」

「ちょうどよい。そこへ移れ」

「えっ」

「長屋の空いている一軒に貴様が入るのじゃ。さすれば、浪人や大男の素性が知れるではないか」

「はあ、あたくしが長屋にでございますか」

「今、貴様が住んでおる長屋、請け人はだれじゃ」

「はい、今戸の長屋、世話してくれたのが幇間の師匠だった金八でございますが、昨年に死にましてございます」

「ならば、田所町の長屋には、わしが請け人を手配してやろう」

「ありがとうございます」


引っ越すのはさほど面倒ではない。所帯道具なんてなにもない。賃貸しの布団、飯茶碗に徳利、着物はほんとうに着た切り雀。あっさりしたものだ。さっそく銀八は田所町の長屋の大家、絵草紙屋の亀屋を訪ねる。

「いらっしゃいませ」

小僧といってもいいほどのまだ若い番頭が頭を下げる。

「こんにちは。こちら、亀屋さんでございましょうか」

「はい、亀屋でございます」

「たしか、長屋の大家さんをなさっておられるとお聞きしたのですが」

「はい、長屋になにか」

「ご主人はいらっしゃいますかな」

「では、少々お待ちくださいまし」

番頭が二階に声をかけ、主人がそろそろと下りてくる。歳の頃は五十過ぎ、温厚そうである。銀八はぺこりと頭を下げる。

「こんにちは、亀屋さん」

「こんにちは、ようこそいらっしゃいませ」

「本を買いに来たんじゃありません。ちょいとお尋ねしたいと存じまして」

「なんでしょうか」

「旦那、勘兵衛さんとおっしゃる、すぐそこの長屋の大家さんですよね」

「ああ、そうですが、なにか」

「ちょいと小耳に挟んだんですが、空《あ》きがあるそうで」

「え」

主人は驚いたようだ。

「ですから、十軒のうち、一軒空いてるんでしょ」

「はあ。まあ、それが」

それなら話が早い。

「そうですか。実はね、あたくし、浅草で幇間をしております銀八と申します」

「銀八さんですか」

ほとんど廃業だが、嘘ではない。

「実は吉原に出入りしてましてて、それがつまらないことで、贔屓にしてくださってる旦那をしくじっちまいましてね。不義理が重なって、どうも浅草に居づらくなりました」

師匠の金八も死んだし、探っていた柳田河内守も腹を切ったし、もう吉原には用はないのだ。

「それで、こっちの元吉原、遊廓はないけど、お茶屋はけっこうあるでしょ。だから、まあ、住むところでいいところでもあればなあと思って、うろうろしてましたら、こちらに空きがあるというのを知りまして、どうでしょうね。あたくしのような者でも、お貸し願えますでしょうか」

　元吉原の茶屋にも用などないが、そこは方便である。

「ほう、うちの長屋を借りたいと、そうおっしゃるわけですね」

「さようでございます」

「そうでしたか。いや、せっかくお越しいただいたのに、申し訳ないですなあ。実はもう、入る人は決まっておりまして」

「へえ、そうなんですか。いつ」

「すぐ、近々ですよ」

「残念だなあ」

　間が悪いぞ。

「まだ、新しいですよね。おたくの長屋」

「去年の八月ですから、もう半年以上」

「地主さんは、どちらの」

「いえ、まあ、ちょいとした大店の」

　教えてくれないのか。

「そうですか。ここらは場所もいいし。地主さんは表通りの相当の大店なんでしょうね」

「申し訳ないが」

まあ、ちょいと調べればすぐにわかる。

「あ、いえいえ、こちらこそ、急に押しかけまして。もし、さきほどの近々入られる方、なにかの都合でお断りになられたら、あたくし、またお願いしてもよろしいでしょうか」

「まあね。そのときはまたそのときに」

気がなさそうだな。

「どうも、お邪魔しました」

あっさりと断られてしまった。まさか、警戒されたのだろうか。大家は地主に雇われて、変な店子が長屋に入らないよう、申し込む者がいれば厳しく鑑定する。銀八は身なりはさほど上等ではないが、長屋の住人なんて、たいていそんなに銭は持っていない。幇間という商売が気に入らないなんてことはないはずだ。店子にはガマの油売りのような香具師《やし》もいる。ほんとうに近々、入る人間が決まっているのなら仕方がないが。

「なに、断られたのか」

長七郎は顔をしかめる。

「すぐ近々に先約が入るそうで」

「よし、しばらく見張れ」

「はあ」

「すぐに次の住人が入らなければ、断ったのにわけがあるはずじゃ」

「あたくしが気に入られなかったのでしょうか」

「その長屋、新しいのか」

「昨年の八月にできたばかりとか」

「ほう、十軒のうち、九軒が埋まっておるようじゃが、店子の様子、それぞれの稼業、大家の絵草紙屋も含めて詳しく調べてまいれ」

直《じか》に長屋の住人から話を聞くわけにもいかず、銀八は周辺でそれとなく話を集める。それもまた盗っ人の下調べで慣れている。

長屋ができたのが昨年の八月、それと同じ時期に横町に絵草紙屋の亀屋が開店し、主人の勘兵衛が長屋の大家となる。長屋の名が勘兵衛長屋。勘兵衛はたいして目立たないが、親切で頼りになりそうである。店には奉公人がひとりしかおらず、番頭がなにからなにまでこなしている。小さな店だが、女中も小僧もいないのは、さほど儲からない商売なのか。

まずは浪人、いつも不機嫌そうだが、剣の腕前が相当できそうで、今までに何人も斬っているだろう。それで人相が死神のように不気味で恐ろしいのだ。

絵に描いたような美男は担ぎの小間物屋。道を歩くと女が振り返るほどで、ときどき、徳さんと声がかかる。が、さほど怪しい素振りはない。

へらへらしている出職の仕事師、これは大工で、普請場で働いている。なかなか調子がよさそうだ。

貫禄のある文人風は夕方から出かける。どこへ行くのかと思ったら、柳原土手《やなぎわらどて》の大道易者だった。

道具箱を担いでいる小柄で色黒の地味な男。どうやら町を流す鋳掛屋だとわかる。

引きこもっている大男は見た目は恐ろしい化け物のようだが、箸を削る職人で、品物を荒物屋に届けている。なら、たいしたこともないのか。

別嬪は女髪結。そういえば、どこかで見た顔だと思った。田町の芸者置屋で見かけた気がする。

まだ若いのは飴売り。とっつきに住むいい歳の女は産婆。

やはり怪しいのは浪人だけで、なんの変哲もない江戸の町にはどこにでもあるような裏長屋だ。

四月の晦日《みそか》、夕暮れに長屋の店子たちがみんな大家の亀屋の店に入っていく。なにかあるのだろうか。二階に灯りがついて、どうやら寄り合いでもしているのか。大家が人懐こくて、みんなで飯でも食いながら、楽しんでいるのだろうか。


「ほう、面白い」

長七郎は銀八から話を聞き、静かにうなずく。

「面白うございますか」

「なにかあるな」

「さようで」

「おまえが断られたあと、何者かが長屋に移り住んだ形跡はあるか」

「いえ、相変わらず、一軒は空いたままで。あれはやっぱりあたくしを断る口実だったんでしょうねえ」

「そうじゃ。貴様は入居を断られた。なにゆえか、わかるか」

「さあ、幇間がまずかったんでしょうか。愛想よくしたつもりですけど」

「馬鹿を申すな。おまえがよそ者であるからだ。連中は晦日に大家の店の二階で密会しておるようじゃ」

「密会でございますか」

「貴様、死神のごとき凄腕の浪人が津ノ国屋に入った盗賊と思うておろう」

「はい、まずは間違いないかと」

「盗賊には仲間がおる」

「津ノ国屋の金蔵をひとりで空っぽにはできませんからね」

「もしも津ノ国屋に盗っ人が入ったとすれば、それはどのような盗っ人であろうか」

「あっ」

銀八ははっとする。

「見事な盗みっぷりの盗賊一味がじっくり仕込んで津ノ国屋を狙ったものと思われます」

「うむ。浪人が盗賊とすれば、仲間たちも江戸に潜伏しておろう。田所町の長屋は昨年の八月にできて、津ノ国屋から金がなくなったのは十一月であったな」

「あっ、そうか。勘兵衛長屋そのものが盗っ人一味。なるほど、仕込みに三月かけたんですね。だけど」

銀八は首をひねる。

「浪人と大男以外は、とても恐ろしい盗賊には見えませんけど」

「貴様も盗っ人には見えぬぞ」

そりゃそうだ。盗っ人の名人、千次郎旦那だって、どこから見ても堅気の商人にしか見えなかった。

「小さな絵草紙屋にせよ、奉公人が若い番頭ひとりで、小僧も女中もいないというのも、いささか胡乱《うろん》じゃ。店はただの隠れ蓑かもしれぬ」

「はあ」

かつて千次郎旦那が表向きだけ道具屋の浜野屋をやっていたとき、商売抜きだったので、奉公人は当時猿吉と呼ばれた銀八ひとりだった。

盗っ人は大仕事を控えて、町に溶け込む。大工は普請の見取り図に詳しく、小間物屋や鋳掛屋や飴売りは町を流しながら、目配りをする。これに剣客と大男と別嬪が加われば。

「とすれば、大家の勘兵衛が一味の親方に違いありません」

「銀八、わしがなにを望んでおるかわかるか」

「なんでございますか。殿様」

「博奕の胴元も飽きてきた。昨年、河内守めが腹を切ったあと、後任の北町奉行が師走に変死した。これといった盗賊騒ぎもなく、町方はぬるま湯のごときじゃ。その長屋が賊徒の根城だとして、もしも一網打尽《いちもうだじん》にすれば、大きな手柄になる。これは運が向いてきたかもしれんぞ」

「はあ」

「動かぬ確証がほしい。さらに深く探りを入れるのじゃ」

だが、五月は梅雨《つゆ》である。雨の中で田所町の勘兵衛長屋を見張るわけにはいかず、ふと思いついて、田町の置屋に顔を出す。女髪結のことがなにかわかるかもしれない。

「へっへっへ、女将《おかみ》さん、ごぶさたいたしております」

「なんだい。だれかと思ったら、銀八つぁん。まだ生きてたのかい」

「へい、死んだのは師匠の金八のほうで」

「そういや、おまえさん、お京さんとなにかあったの」

「へ、お京さんて、どなたでしたか」

「なに言ってんだよ。ほら、別嬪の女髪結」

「ええっ」

こちらから切り出す前に、向こうから先手を打たれた。

「どうしたんだい。いきなり大きな声出して。びっくりするじゃないか」

「お京さんといえば、田所町の」

「そうだよ。おまえさんのこと、訊いてたよ」

「へ、ほんとですか」

「借金でも踏み倒したんじゃないだろうねえ」

「いえいえ」

そうとわかれば、これ以上深入りしても仕方がない。

「じゃ、女将さん、また、お座敷でもあれば、よろしくお願い申します」

さっと引き上げる。あの長屋の別嬪、芸者の髪を結ってたから、なにかわかるかと思って置屋に来てみたら、名前がお京。だが、なんで俺を探してるんだろう。

銀八は晴れた日には、田所町のあたりをぶらぶらする。長屋の連中は雨の日は動かないが、天気がいいと商売に精を出している。浪人は油を売り、大男は削った箸を荒物屋に届け、鋳掛屋は町を流し、大家は湯屋へ行き、よそにいる仲間と繋ぎをとっているような様子はない。もしも連中が盗賊の一味だとすれば、産婆の婆さんまで盗っ人、そんなことはあるんだろうか。

あっ、人形町通りのほうから、こっちへ歩いてくる女。なりは地味だが、ぱっと目立つのは女髪結のお京。どんどん近づいてくる。すれ違い様、ちらりと視線を走らせたようだ。

「ちょいと」

足を止めたお京に呼び止められた。

「吉原の銀八さんじゃないかい」

「はあ」

振り返る。置屋で銀八のことを訊いていたのは、なにかありそうだが、ここはとぼけておこう。

「ええっと、どちら様でしたかな」

「あら、あたしよ。吉原で芸者のねえさん方の髪を結ってる」

「おやおやっ」

銀八は膝を叩く。

「あなたでしたか。お京さんですよね」

「あたしの名前、覚えてくれてたの」

「へへ、どうもお見それしやして、すいませんねえ」

「珍しいところで会うもんだわね。銀八さん、おまえさん、たしか住まいは浅草だったろ」

「へい、さようでござんす」

そんなことまで知られていたのか。

「なんで、このあたり、歩いてんのよ」

勘兵衛長屋を探っているとは言えない。

「今日はお天気がようございましょう。このところ、雨が多くてむしゃくしゃしてたんですが、久しぶりのお天道様《てんとさま》。うれしくて、ついふらふらと歩いておりましたら、ここまで来ちゃった」

「ふうん、そうなのかい」

「ねえさんは、なにゆえこのあたりをお歩きですかな」

「だって、あたし、住んでるのよ」

「へええ、お住まいでしたか。けっこうな町内でございますなあ。で、いずこにお住まいで」

お京は指で指し示す。

「すぐそこ。勘兵衛長屋」

「はあ、さようで」

「知らなかったの」

「お京さんのお住まい、あたくしごときが知るよしもござんせん」

「あたし、このごろ、ちょくちょくおまえさんを見かけるわ」

はっとする。

「さようでございますか。近頃、旦那をしくじりまして、あんまり吉原界隈に出没いたしませんが、そんなあたくしを見かけてくださったとは、恐悦至極」

「吉原じゃないわよ。おまえさんをよく見るのは」

「ははあ、浅草でござんしょうか。あたくし、毎日、観音様にお参りを欠かしておりませんから」

「あら、信心深いのねえ」

「浮草稼業の芸人、運を神様仏様に委《ゆだ》ねるほかにございませんからねえ」

「だけどね、銀八さん。あたしがおまえさんをちょくちょく見かけるのは、吉原でもなく、浅草でもないのよ」

「おや、どちらでござんしょう」

「それがこの町内」

「へえええ」

なんだ。それも知られていたのか。

「なに驚いてんのよ。ほんとの話」

「いやあ」

銀八は扇子で額をぽんと打つ。

「あたくしとしたことが、お京さんのお目にとまっていたとは、ああ、恥ずかしゅうございます」

「なに恥ずかしがってんのよ。おまえさん、この町内をしょっちゅううろうろしてるでしょ。なんかわけでもあるの」

三

銀八は心持ち舞い上がるような気分を味わっていた。ひとつには田所町の長屋の正体が確実にわかったこと。もうひとつは別嬪の女髪結お京と差し向かいで酒を酌み交わし、話を引き出せたこと。

へへへ、ひょっとして、お京は俺に気があるのかな。

さっそく本郷の殿様にご報告。池上の屋敷では今夜も賑やかに賭場が立っている。

とを伝える。

奥座敷でひとり盃を傾けている長七郎の前に深々と頭を下げ、お京から聞き出したこ

「それはまことか」

「はい、殿様。いやはや、田所町の勘兵衛長屋。殿様のご推察通り、盗っ人長屋でご

ざいました」

うれしそうに笑う長七郎。

「ふっふっふ、そうであろう。名のある賊徒なのか」

「はい、手先の女にうまく近づき、取り入りまして、話を引き出しました。長屋の大

家勘兵衛が首領をしており、奥羽方面を荒らしていたそうで、異名が月ノ輪勘兵衛」

「ほう、風流じゃのう」

「あたくしは初めて耳にする名前でございます。月ノ輪一味の者ども、みな市井《しせい》の職

人や小商人に身をやつしており、ひとつ長屋に集まり大仕事に備えておる様子」

「でかしたぞ、銀八。わしの思うた通りじゃ。そやつらをうまく使う思案はすでにで

きておる」

「さようでございますか。どのように」

「その月ノ輪一味とやらを江戸で大暴れさせるのじゃ。商家を襲い、主人も奉公人も

女子供まで殺害し、金を奪って、盗っ人長屋に潜伏しているところを、わしがかつての配下に声をかけ、一網打尽にする。逆らう者どもは斬って捨てる」

「ははあ、それはよろしゅうございますなあ」

盗賊の一網打尽はいいとして、その前に商家で殺生《せっしょう》させるのは物騒だ。

「なら、いっそ、月ノ輪一味が商家を襲う前に、すぐにも長屋に踏み込めば」

「馬鹿を申すな。わしは火盗改をお役御免になっておる。ただ疑わしいだけでは、元の配下は動かせぬ。血生臭い修羅の惨状がなければならぬのじゃ」

「ですが、連中がいつ盗賊を働くのか、見当がつきません。あたくしが見張りを続け、なかなか動きを見せませぬときは、渡りをつけた女にうまく話を持ちかけ、いずれかの大店に押し込むよう手筈を整えましょう」

「そんな面倒はいらん。もっとよい手がある」

これには銀八、驚いた。

屋敷で賭場を開いている菊坂の勝五郎は以前、火盗改の手先を務めていた博徒である。長七郎の言うもっとよい手とは、勝五郎が集めた無頼の者たちを盗賊に仕立て、大店を襲わせ、血の雨を降らせる。勘兵衛長屋が名のある月ノ輪一味と知れたので、勝五郎たちの凶行の罪をそのまま被せて、御先手組の元配下一同で長屋を包囲し、一網打尽にし、逆らう者はその場で斬り捨て、捕らえた者は屋敷に連行して首を刎ねる。

凶悪な賊徒一味の成敗は世間に大絶賛され、再び御先手組に復帰。さらに火付盗賊改方に再任。夢のような話だが、池上長七郎にとっては真実味があったのだ。

「新手の盗賊が次々と江戸を荒らし、殺し、犯し、盗み続けても、腑抜けぞろいの町方は手をこまねいておるばかり。そこで再任の火付盗賊改方として、わしがこの手で賊どもを片っ端から懲らしめれば、評判はますます高まり、やがては町奉行に抜擢されよう」

町奉行とは大きく出た。

「たいそうご立派なご出世でございますなあ。殿様には守名《かみな》と町奉行所のお白洲がお似合いでございますよ」

すぐに勝五郎が呼ばれ、大名相手の経師屋として名高い赤坂の山崎屋が標的となり日取りと段取りが決まった。決行は晦日の前日、闇夜がよかろう。

「勝五郎、決して正体を見せてはならぬぞ。無法の者ども、殺しは厭わぬであろうな」

「血の気の多い極道揃い、凶状持ちの渡世人もおり、切った張ったはお手の物。相手が腑抜けたお店者《たなもの》なら喜んで血の雨を降らせましょう」

「女は好きにしてよいが、できるだけ殺せ。情けは無用じゃ」

銀八は盗みの玄人《くろうと》ということで、同行を命じられる。

「ははあ、かしこまりましてございまする」

だが、殺したり、女を犯したりは気が進まない。

「ひとつ、あたくしから、よろしゅうございますか」

「なんじゃ」

「親分が集めた渡世人のみなさん、本職の盗っ人じゃありませんよね。盗っ人はみんな手際よく盗みます。殺したり犯したりで手間取ると、騒ぎを聞きつけて、人が集まれば厄介です。みなさん、黒装束で覆面なら顔を見られる心配はないので、皆殺しにこだわらなくていいんじゃないですか。刃向かう者は殺し、あとは生かしておいても、かえって盗っ人に入られたという生き証人になりましょう」

「銀八、よくぞ申した。褒めてつかわす。盗賊都鳥の仲間であっただけのことはあるな」

「畏れ入りまする」

決行の夜、銀八が菊坂町の勝五郎の家を訪ねると、十人の男たちがみな黒い着物に黒い股引で集結していた。

「よっ、みなさん、お揃いでございますね」

「銀八さん、今夜は世話になるよ」

「親分、あたくしなんぞ、そんなには力にはなれませんが」

「なに言ってんだい。都鳥の身内で相当に荒稼ぎしたんだろ」

「よしてくださいよ。親分も知っての通り、あたくし、ただの狗でございますから」

思えば四年前、都鳥の孫右衛門が江戸で血生臭い押し込みを働いた直後、寺を抜け出した銀八が吉原で遊んで、朝に大門を抜けたところ、声をかけてきた火盗改の手先が勝五郎だったのだ。

御先手の与力や同心は特定の手先は持たず、加役が回ってきたときだけ、馴染みの博徒や遊び人に声をかける。町方同心の使う御用聞きと違って、火盗改の手先は十手《じって》も持たず、自身番に出入りすることもない。勝五郎は普段はただの博徒だが、池上長七郎がお役御免になった後もうまく取り入り、屋敷で賭場を開いているのは、なかなかの遣り手なのだ。

「銀八さん、おまえも着替えるがいい。人数分、黒いのは用意してある」

「わっ、さすが親分。手回しのいいことで。ですが、あたしはこの格好でいきます」

「そうかい」

「あたしの役目は引き込み、と申しますか、うまく戸を開けさせます。黒装束だと向こうが怪しみますから、いつも通りのこのいでたちでやらせていただきます」

「なるほど。じゃ、そろそろ行こうか」

「はい、その前に言っときますけど、あんまり派手に皆殺しなんて、やめといたほうがいいですよ。それから、女に手を出すのもいけません」

「なんだよ。殿様は女を好きにしてもいいって、おっしゃってたぞ」

「まだ宵《よい》の口ですし、騒ぎが大きくなったら、赤坂は周りが武家地ですから、近所の侍が飛び出してくると、厄介ですよ」

「ああ、そうか」

「金だけはたっぷりといただきましょう」

「わかったよ。金さえあれば、女を手込めにするより、吉原でぱあっとやったほうがいいかもしれんな」

「そうですとも。あ、みなさん、覆面はまだですよ。ただでさえ、黒っぽいのがぞろぞろ歩いてたんじゃ、怪しまれますからね」

　五月下旬に梅雨は明けたので、晦日の前日は月のない闇夜だが、夜空にはきらきらと星が瞬《またた》いている。本郷の菊坂町から赤坂はけっこう遠い。提灯《ちょうちん》はひとつだけ、銀八が持って、十人の黒装束の男たちを先導する。

「みなさん、はぐれないように、あたしのあとにしっかりと続いてくださいな」

本郷から神田、日本橋とくれば、夜でも人が歩いているが、見咎められずに南に向かい、芝口《しばぐち》から汐留川《しおどめがわ》に沿って西に向かって溜池を過ぎると赤坂である。

赤坂新町《しんまち》は山手の武家地に囲まれた町場であり、下町の日本橋や神田と違って、住む町人も少なく、往来に人はだれも歩いていない。間口の広い一軒の店、戸は閉まっているが、表具と書かれた木の看板が固定されている。

「親分、みなさん、着きましたぜ。さ、覆面をどうぞ」

黒装束の男たちが覆面をする。

「あたしが勝手口を開けさせます。この刻限なら、まだ店の中じゃ、寝てないかもしれません。応対がなければ、そのときは考えますが、勝手口が開いたら、あたしがうまく入りますから、みなさん、いっぺんに続いてどっと入ってください」

男たちは黙ってうなずく。頬被りで顔を隠し、銀八は戸を叩く。

「もし、ごめんください。お頼み申します」

しばらくして、内側から声がする。

「どちらさんでございますか」

「夜分すいませんねえ。ちょいとお開け願えますかな」

「はい」

戸が開いたので、銀八はぐっと内側に足を入れる。

「ちょいと、旦那に大事な用がありまして」

銀八がずかずかと入り込むと、それに続いて十人の男たちがなだれ込むように入る。

店内はけっこう明るい。

「なんですか、おまえさんたち」

戸を開けた大柄な奉公人が男たちを見渡す。

「見ての通りよ」

覆面の勝五郎が奉公人を睨みつける。店内は明るいが戸口に立つ大柄な奉公人以外、だれも姿を現さない。

「なんだ、だれもいねえのかよ」

男たち、店の中を見回す。

「おい、大きいの。他の奉公人はみんなどうした。主《あるじ》の居場所に案内しな。近所迷惑になるから、騒がずおとなしくしてるんだぜ」

「それには及ばぬぞ」

奥から襷がけで武装した四人の武士が現れる。

「うわ」

銀八は驚く。あれっ、見覚えのある顔ぶれ。まさか。

「なんだ、てめえら」

虚勢を張る勝五郎。

「わからんか。見ての通り、貴様ら、御用であるぞ」

「なにをっ、みんな、やっちまえ」

「おうっ」

黒装束の男たち、刀を抜いて、四人の武士に駆け寄る。

さっと飛び出し、抜き打ちに三人を斬り倒す武士。その青白い顔。

あれは長屋の死神。後ずさりする銀八。

恐れて、戸口に逃げ出そうとする賊を大男が殴り倒す。

「うおお」

あの化け物は長屋の大男だ。

「おうっ、みんな怯《ひる》むんじゃねえ。やっちまえ」

勝五郎の怒声とともに残る黒装束たちは武士に向かって剣を構える。

「刃向かう者は斬ってよいぞ」

やっぱりそうか。あの侍は亀屋の大家、勘兵衛に違いない。他の侍もみんな長屋の連中だ。あの刀の構え方、とてもただの盗っ人には見えない。とすると、月ノ輪一家、元は侍なのか。そんなのを相手にして、勝ち目はないや。

乱闘の隙を見て、こっそり逃げ出し、戸口に向かう銀八、戸を開けて、外へ出たところ、お京がにっこり。

「わっ」

「逃がさないわよ、銀の字」

「お京さん、みなさん、月ノ輪のお身内さんでござんすね。あたくし、殺生は苦手《にがて》でいつも丸腰です。どうか命ばかりはお助けを。うぐっ」

お京の当身《あてみ》で気を失い、銀八は後のことは憶えていない。

猿、おまえ、なにやってるんだ。

あっ、千次郎の旦那。それじゃ、あたしはもう死んだんですかい。

汚い極道の片棒担ぎやがって。盗っ人ってのはな、堅気の衆に迷惑をかけちゃならないんだ。無暗《むやみ》やたらに人を殺したり、女を手込めにしたり、困ってる人から盗んじゃいけない。その仁義さえちゃんと守れば、義賊と呼ばれ、名人と称えられる。盗っ人の心意気を忘れるなよ。

すいません。あたしの行先は地獄ですね。旦那は極楽ですか。

ああ、そうだよ。こっちでおまえを待ってるぜ。地獄か極楽かは、おまえの心がけ次第だ。自分で決めな。

優しく微笑《ほほえ》む千次郎の顔が消えた。

ああ、夢だったのか。

薄目を開けると、ぼんやりと女の姿が浮かぶ。

「あ、お京さん。あたし、まだ生きてたんですね」

「なに寝惚《ねぼ》けたこと言ってるんだい。汚い家だねえ。ここ、畳もないのかい」

銀八は今戸の長屋で板の間に敷いた煎餅布団に寝転がっていた。すぐ側に座って銀八を見ているお京は夢ではなさそうだ。

「銀の字、おまえさん、あたしゃ仲間のこと、池上に売っただろう」

銀八はあわてて、布団の上に起き上がる。

「いやあ、申し訳ないです。でも、いったい」

なにがなんだか、よくわからない。どうしてお京が池上のことを知ってるんだ。そもそも、赤坂で気を失ってから、だれが俺をここまで運んだんだ。

「おまえさん、池上の狗だったんだね。その前は都鳥孫右衛門の身内だったろう。都鳥を裏切って、火盗改に寝返って、あたしに取り入ろうったって、駄目だよ。全部、お見通しなんだから」

お京は盗賊月ノ輪一味だ。それが都鳥の一件を知っていて、銀八と池上長七郎の繋がりも承知している。お京が芸者置屋で銀八のことを嗅ぎ回っていたとすれば、今回の赤坂の押し込みも事前に気づかれていたわけか。

だから、山崎屋で月ノ輪の勘兵衛、凄腕の浪人、長屋の連中が待ち構えていたんだな。しかも武士の装束で。あの剣の腕前、みんな只者じゃない。勝五郎や他のみんなは始末されて、山崎屋の金は横から月ノ輪一味が奪ったんだろう。たいした手際だ。兜を脱ぐぜ。

「だけど、あたしだけ、生かされているのは、どういうわけですか。お京ねえさん」

「それはおまえさんが狗だからだよ」

仲間を裏切って狗になった盗っ人は、他の盗賊一味からも目をつけられ、見せしめのため仕置きされる。それが仲間内の暗黙の掟《おきて》なのだ。さっき見た夢は正夢だったのか。俺はもうすぐ消されるんだな。

「山崎屋に押し入った賊は、死んだのは三人だけさ。あとは町方に捕縛されたよ」

「町方にですって」

「間の抜けた寄せ集め、ありゃ本物の盗っ人じゃないね」

それも知られていたのか。さすがだ。

「銀の字、おまえさんの始末をどうつけるか、それはこれから月ノ輪の親方が決めなさる。逃げようなんて、思っちゃいけないよ。どこでも目が光ってるから。おまえさんだって、このあと自分がどうなるか知りたいだろ」

知りたくもなかった。

「わかりました」

「おとなしく待ってな。あたしがまた、覗いてあげる。ふふ」

いやに色っぽいぜ。そこがまた怖いけど。

「はい、逃げも隠れもいたしません」

頭を下げる銀八、顔を上げたら、お京の姿は音もなく煙のように消えうせていた。

まさか、今のも夢。

「じゃあ、銀さん、また来ますよ」

戸口の外でお京の声がし、去っていく足音。あ、やっぱり夢じゃなかった。

四

銀八は逃げようなんて思わない。どこにでも月ノ輪の目が光っている。恐ろしくて二日ほどは長屋の厠《かわや》に行っただけで、木戸の外へは一歩も出なかった。

だが、腹が減ったので、三日目に近所の飯屋にそっと行き、暑くて汗臭いので湯へ行き、翌日は朝から井戸端で洗濯し、昼に観音様にお参りし、手を合わせる。

ええ、観音様、ごぶさたいたしまして、すいません。あたくしはもうすぐあの世に行くことになりそうです。極楽は無理でしょうが、地獄にしても、あんまり恐ろしい責め苦のないところでお願いできませんでしょうか。どうかご憐憫をもちまして、なにとぞよろしくお頼み申します。

火盗改の狗になり、盗っ人の仁義に背《そむ》いたからには、仕置きされるのは間違いなかろう。それなら、生きてるうちに少しぐらい好きな酒を飲んだって、罰は当たらないはずだ。

まだ少しは銭もあるので、観音様にお参りしたあと、飯屋で一杯やって、夕方に湯へ行って、あとは寝るだけ。相変わらずの一日が続くが、その後、お京からなんの連絡もない。

ふと思った。池上の殿様はどうしてなさるか。ちょいと確かめてみよう。月ノ輪の目が光っているから逃げようなんて思うな。そうは言われたが、長屋から離れるなとは言われていない。本郷まで足を延ばす。

銀八が池上長七郎の屋敷の前まで来てみると、門には板が打ち付けられていた。近所でそれとなく探ってみる。先月の晦日の頃に火盗改の手が入って、当主と郎党が引き立てられたという。郎党といっても、銀八の知る限りでは年取った用人と若党がひとりいただけ。奥方も女中も家来たちも、みんなとっくに見限っていなくなっていた。勝五郎の子分が中間《ちゅうげん》の真似事をしながら、賭場の手配をしていたぐらいだ。

さらに話を聞くと、当主の元火盗改が火盗改に捕縛された後に腹を切ったと。

銀八は溜息をつく。殿様、死んじゃったのか。盗賊を暴れさせて火盗改に返り咲きたいなんて、そんな大それた浅ましい欲を出さなければ、博奕の胴元で気楽に暮らせたのに、切腹の上、御家断絶。柳田河内守とおんなじ運命じゃないか。

今戸の長屋に戻ると、床の上に一枚の紙きれ。

あすのひる　かんのんさま　京

明日の昼に観音様に来いというお京からの伝言に違いない。銀八は覚悟する。いよいよ仕置きが決まったか。逃げたりしないよ。

翌日も朝から快晴だった。毎日、暑い日が続く。浅草寺の観音様に参詣し、今日も手を合わせる。

観音様、ほどなくあの世へまいります。どうかよろしくお頼み申します。

お参りを済ませ、銀八は茶店の床几で茶を飲んでいるお京と勘兵衛を見つけ、近寄って頭を下げた。月ノ輪の親方、どう見たって、長屋の大家さんだ。とても盗賊の首領には見えない。

「どうも。お京さん、その節は。へへへ、こりゃあ亀屋の旦那、大家の勘兵衛さんですね」

勘兵衛と口を利くのは、ふた月前に亀屋を訪ね、長屋を借りたいと申し出て以来だった。

「うん、うちの長屋にはまだ空きがないよ」

「存じておりますよ」

「まあ、そこへ掛けろ」

「へい」

銀八は隣の床几《しょうぎ》に腰をおろす。茶店の女中が茶を置いて、無言で引っ込む。周囲に客はいない。

「銀八、わしはおまえがただの幇間でないことは承知しておる」

勘兵衛の口調が侍風に重々しくなる。

「なにもかもお見通しでござんすね。赤坂の経師屋で長屋のみなさんをお見かけしたときから観念しております。亀屋の旦那、いえ、月ノ輪の親方。みなさん、お強うございますね。親方も他の方々も元はお武家様でしょう」

「わかるか」

やっぱりそうか。

「わかりますとも。あの夜の剣のお手並み、身がすくみました。しかし、なにゆえに月ノ輪のみなさんが山崎屋で待ち構えておられたんで」

「蛇《じゃ》の道は蛇《へび》。われらの手先はあらゆるところに潜んでおる。池上の企みを見抜いて先手を打ったのじゃ」

町方に捕縛された者たちは四人が獄門、他は打ち首の裁きが決まったという。どうして銀八ひとり、町方に引き渡されなかったのか。

「それはおまえが狗だからだ。今、おまえがお縄になれば、お白洲で、わしの長屋のこと、ぺらぺらとしゃべるであろう。そうなれば、今後の仕事がやりにくくなる」

「とんでもない。盗っ人長屋のことは口が裂けても申しませんよう」

あっ、銀八は口を押さえる。勘兵衛長屋が盗っ人宿だと言ったも同じだ。

「赤坂の一件から何日も経っておる。おまえ、逃げようと思えば逃げられたのではないか。どうして、いつまでも今戸にとどまっておるのじゃ」

銀八はお京を見る。

「そちらのお京ねえさんが、逃げようなんて思うんじゃないとおっしゃったからで。あたくしが都鳥を裏切ったこと、他の盗っ人仲間に知れたら、どこへ行ったって、ただじゃ済みませんや。親方、あたくしをお仕置きなさるおつもりですね」

「生かしておいては、仁義に背こう」

「覚悟はできております」

「さんざん悪事を働き、思い残すことはないか。おまえ、どうして盗っ人になった」

銀八は茶を一口ごくりと飲む。

「お定まりでございます」

死を前にして、今までの思いが浮かぶ。親の顔も知らず、幼い頃に角兵衛獅子に売られ、十を過ぎた頃から物乞《ものご》い、置き引き、空き巣狙いで食いつないだのがそもそも盗っ人の始まり。やがて街道筋で盗賊明烏の千次郎に拾われた。千次郎は昔気質《かたぎ》で盗みはすれど非道はせず、その下で盗みの修練を積んだが、極悪非道の都鳥孫右衛門が千次郎を騙し討ちにし一味を乗っ取ったので、仕方なく手下になっていた。孫右衛門が江戸で残虐な押し込みを働いたとき、銀八ひとりが火盗改の池上に捕まり、洗いざらい白状したので、都鳥一味はみな成敗された。

勘兵衛は銀八の話をそこまで聞いて、感心したようだ。

「すると、おまえは幼い頃に拾ってくれた養い親、千次郎の敵《かたき》を討ったことになるな」

そのつもりだった。いつか寝首を掻いてやろうと、その思いから孫右衛門の手下になっていたのだ。だが、それは仲間内での二重の裏切りになる。

「いえいえ、あたくしのような虫けら同然の小悪党が敵討ちなんぞ、そんな大それた望みはございません。ですが、泣きながら命乞いして責め殺される孫右衛門を見て、気が晴れたのはほんとうです」

「おまえは今まで一度も殺したり犯したりはしていないのか」

「盗みは芸のうち、血生臭いことはいっさい嫌いでございます。それでも十両どころか何百両も盗んでおりますから、お縄になれば、打ち首は免れません」

「なるほど、死ぬ覚悟はできておるな」

「どうぞ、親方、煮るなり焼くなり、好きになさってくださいまし」

「銀の字」

横からお京が言う。

「おまえさん、探るのがうまいじゃないか。うちの長屋に目をつけて、ただの長屋じゃないと気づいたんだね」

「はい、思えば去年の津ノ国屋。潰れる前にごっそり大金が消えたというのは、月ノ輪親方、長屋のみなさんのお働きでございましょう。盗みは気づかれずにそっとやるのが名人。どんな仕掛けを駆使なされたかは存じませんが、見事なものですねえ」

「そうとも。われらはみんな曲者《くせもの》ぞろいじゃ。いつも目を光らせておる」

「わかっております。逃げも隠れもいたしません」

「さて、ご一同」

周囲を見渡す勘兵衛。

「この者、いかがいたそうかのう」

「わあ」

息を呑む銀八。いつの間にか、茶店の床几に浪人、大男、易者から産婆の婆さんまで、勘兵衛長屋の店子たち、月ノ輪一味が全員座っていたのだ。まったく気がつかなかった。それに今、周囲に他の客はだれもいない。

「こやつ、ばっさりと片付けるのがよろしかろうと存ずる。ことが漏れては面倒でござる」

死神のごとき浪人に言われて、銀八は潔《いさぎよ》く頭を下げる。

「はい、ではどうか、一思いにやっておくんなさいまし。盗っ人長屋のこと、忘れようったって、そうは忘れられませんや」

易者がうなずく。

「たしかに忘れられまい。が、忘れなくとも、殺生に及ばぬ手がひとつあるのでは」

「ほう、なにかな」

勘兵衛は首を傾げる。

「そんな手がありますか」

「さよう。聞けば、この者、盗みはすれど非道はせず。おのれを虫けら同然と申しておるが、一寸の虫にも五分の魂。盗賊の動向に詳しいはず。火盗改の狗ではなく、われらの手先に使ってはどうか」

一同は易者の言葉を吟味する。

「どうじゃな、銀八」

勘兵衛にぐっと見つめられ、事態がなかなか飲み込めない。

「われらの手先か。それともこの場で死にたいか」

覚悟は決めていたが、考えれば、まだ死にたくはない。

「いいえ、死にたくはございません」

「みんな、いかがかな」

「わかりもうした」

浪人がうなずく。

「われらの目は節穴ではない。なにかあれば、拙者が速やかに始末いたそう」

「では、銀八、今まで通り、芸はまずくとも幇間をいたしておれ。長屋のこと決して漏らすでないぞ」

え、ということは命が助かるのか。変な雲行きになってきたぞ。

「へい、ありがとう存じます」

勘兵衛がにやりと微笑むのを、這いつくばったまま、そっと見上げる銀八。

「あ、それからね、銀さん」

いきなり勘兵衛の口調が変わった。

「おまえさん、わたしのことを、人前で月ノ輪の親方なんて呼ぶんじゃないよ。今のわたしは絵草紙屋亀屋の主で、田所町の勘兵衛長屋の大家なんだからね」

「は、はい」

「ここにいるみんなは、元は侍だったこともあるが、今は長屋住まいの職人や小商人だ。おまえさん、うちの長屋のことはさんざん嗅ぎ回っただろうから、それぞれの稼業についちゃ、わかってるだろうけど、そのつもりでいておくれ」

侍くずれの賊徒の頭目、月ノ輪の勘兵衛はどう見ても絵草紙屋の主人で長屋の大家にしか見えない。他の連中もみんな、どこの裏長屋にでもいそうな顔ぶれだ。

「へい、亀屋の旦那。承知いたしました」

銀八はふと、幼い頃の自分を拾ってくれた明烏の千次郎を思い浮かべ、勘兵衛と重ね合わせた。名のある賊徒の名はけっこう知っている。以前に千次郎旦那が言った言葉を思い出した。明烏の名が知れ渡ると、仕事がやりにくくて冷や冷やすると。月ノ輪の名を今まで耳にしなかったのは、津ノ国屋や山崎屋の手際からして、よほどの名人に違いない。

第四章　藪《やぶ》の中の藪医者

一

銀八はこのところ、幇間として吉原の茶屋から声がよくかかる。元々、師匠の金八があまり売れていなかったので、弟子の銀八は座敷をあまり勤めていなかった。さらに金八と手を切ってからは、吉原の中をうろうろしても、狗として歩いていただけ。たまに棒には当たったが。

だから、置屋から声もかからず、芸者衆にもほとんど名を知られていなかった。ところが、このところ客がついて、茶屋の座敷に呼ばれるようになった。

ひとつには女髪結のお京が置屋の女将《おかみ》や芸者衆にそれとなく銀八を売り込んでくれるからだ。

「ねえ、女将さん。近頃、今戸の銀八さん、評判いいですねえ」

「え、お京さん、銀八って」

「ほら、河豚にあたって死んだ幇間、金八さんの弟子で、顔は猿みたいに愛嬌があって、蟹の横這い踊りがけっこう受けてるじゃありませんか」

「へえ、知らなかったわ。お京さん、おまえさんのいい人かい」

「いやだ」

お京は顔をしかめる。

「よしてくださいよ。あんな猿蟹合戦、いくら評判がよくたって、こっちから願い下げです」

そんなことがあって、茶屋から銀八にと声がかかる。たいていは一見《いちげん》の客だが、最初に贔屓《ひいき》にしてくれたのが、大店《おおだな》の若旦那、芝居の名題《なだい》役者、文人墨客風の茶人、この三人が代わる代わる銀八を指名した。

「よっ、伊勢屋の若旦那、毎度ご贔屓にあずかりまして、ありがとう存じます。いつ見ても、若旦那、いい男ですねえ」

「男が惚れるなんて言っちゃいやだよ、銀八。おまえが横にいると、いやでも引き立って、だれでもいい男に見えるのさ」

「うまいっ、若旦那」

「さあ、一杯いこう」

「頂戴いたします。若旦那のお流れ、うれしゅうございます」

「よし、今夜も水月楼に連れてってやろう」

「うわあ、ありがたいっ。たとえ火の中、水の中、どこへでもお供いたします」

銀八を贔屓にしてくれる伊勢屋の若旦那、実は小間物屋の徳次郎である。以前、小姓の藤巻主計だったとき、同輩と何度か吉原で遊んでいたので、若旦那の役を引き受けたのだ。

他にも吉原で遊んだことのある大工の半次が芝居の名題役者。

「いよっ、成寅屋《なりとらや》、千両役者。今度の中村座《なかむらざ》、大当たりじゃありませんか」

「銀八、おまえ、見てくれたのかい」

「いいえ、芝居は見なくても、今、ここで本物そっくり、いえ、本物の成寅屋の旦那を見ているだけで、眼福《がんぷく》でございます」

「よし、じゃあ、今宵はこれから松実屋まで、ついてまいるがよいぞ」

「ははあ、待ってましたあ」

易者の恩妙堂玄信は文人墨客に扮して、座敷で銀八を持ち上げる。

「ほう、銀八、そなたの顔、福々しく力強い斉天大聖《せいてんたいせい》の片鱗をうかがわせておるようだね」

「なんですか、斉天大聖ってのは」

「うむ、唐土《もろこし》の猿が王となり、天に等しい位階に昇格したときの名乗りだよ」

「さすが、先生は物識りですねえ。畏れ入りました」

「本朝《ほんちょう》にも昇りつめ、天下に名を高めた猿がおるよ」

「はあ、本朝の猿」

「そうそう、幇間のことをたいこもちというが、その謂《いわ》れは知っておるかな」

「いえ、存じません」

「天下を取った本朝の猿、太閤秀吉《たいこうひでよし》じゃ」

「ああ、それなら存じております」

「太閤には曾呂利新左衛門《そろりしんざえもん》なるお伽衆《とぎしゅう》がおってな。これがいつも調子よく太閤をおだてて持ち上げる」

「はあ」

「太閤を持ち上げて出世したので、太閤持ち。そこから人をおだてて持ち上げる者をたいこうもち、たいこもちと言ったのじゃ」

「驚きました。太閤持ちがたいこもちとは。なるほどねえ。じゃあ、あたくしも唐土の猿や太閤様にあやかって、木のてっぺんまで昇りつめたいです」

「うん、昇りつめても、猿が木から落ちてはいかんよ」

吉原に詳しい三人が通人に扮し、幇間の銀八は通に受けるとの評判が広まり、茶屋でも一目置かれるようになった。銀八は田町の置屋に籍を置き、あちこちの座敷から声がかかる。

月ノ輪の一味、まさかここまでやるとは途方もないや。驚いたぜ。銀八はただ呆れるばかりである。

吉原には大尽と呼ばれ湯水のごとく金を使う客がいる。よほど金が有り余っているか、思いがけなく手に入った金をぱあっとばらまいているか。そういう輩《やから》の中には腹黒く、汚い金儲けをしているのもいるだろう。そんな悪党から盗んでも、いっこうに気は咎めない。幇間として人気が出るようにしてやるから、そんな嫌なお大尽を見つけるようにと勘兵衛から命じられたのだ。

「吉原で金をばらまく嫌な金持ち。じゃあ、あたくしを売り出してくださるのは、お勤めの下ごしらえですか」

「うん、まあ、そんなところだ」

たしかに明烏の千次郎旦那も仕込みは丹念だった。じっくり手間暇かけて、狙いを定め、うまく盗み出す仕掛けを考える。実際に金を手に入れるよりも、段取りを考えるほうがよほどわくわくすることもある。それは千次郎の側《そば》で長年働いて、よくわかっていた。

だが、吉原で悪党まがいの金持ちを炙り出すためだけに、幇間の銀八を売り出すなんて。しかも身内の三人が客に扮してぱあっと散財するなんて、よくもそんな破天荒《はてんこう》なこと考えつくものだ。

徳次郎と半次と玄信がそれぞれ客として、引手茶屋に銀八を呼び、そのまま大見世の妓楼に連れて行く。安い店ではない。ということは、どれだけ仕込みに金をかけるんだろう。これでうまくいかなければ、とんだ無駄遣いじゃないか。

いや、月ノ輪一味にとって、無駄遣いではないのだろう。徳次郎も半次も玄信も仕込みとはいえ、役になりきってたっぷりと楽しんでいる。おかげで、他の客も面白がって銀八を座敷に呼んでくれるようになった。月ノ輪一味の狙いは金持ちから金を盗むことよりも、盗みを楽しむことなのだ。しかも狙う相手は嫌われ者の悪い金持ち。そこは千次郎旦那と同じである。

「あら、銀ちゃん、久しぶりねえ。どう、このところ売れてるじゃない」

田町の置屋に立ち寄ると、芸者の髪を結っていたお京が笑って声をかけてくれた。

「お京ねえさん、いつ見ても艶《あで》やかで、思わず見惚れてしまいます」

「あたしをおだてたって、なんにも出ないわよ」

「おだてるなんて、とんでもない。本心をそのまま申し上げただけのこと」

「あっ、そう。おまえさん、売れてるのはいいけど、天狗になって客を選んじゃだめよ。芸を磨くには、なるべく、みんながちょいと近寄りたくないお客様に贔屓にしてもらわなくちゃ」

「あらあ」

芸者がうれしそうな声を出す。

「お京さん、いいこと言うわねえ。銀八つぁん。ちょいと嫌な客。そんなお客様を大切にすれば、おまえさん、ますます男を上げるわよ」

言われて相好《そうごう》を崩す銀八。

「へっへ、駒菊《こまぎく》ねえさん、おっしゃる通りでございます。だけどそんなお客様、いらっしゃいましょうか。あたくし、今の今まで嫌なお客様どころか、嫌な人には一度も会ったことがございません」

「へえ、ほんとかしら」

疑わしそうに銀八を見る芸者駒菊。

「ほんとですとも。あたくしの周りはいい人ばっかり。駒菊ねえさんもいい人、お京ねえさんもいい人、ここの女将さんもいい人、引手茶屋の番頭さんもいい人、お客様もいい人、花魁もいい人、みんないい人。あそこでわんわん吠えてる犬も、あ、犬は人ではございませんねえ」

お京が苦笑する。

「銀ちゃん、おまえさんはいい狗かい」

「いいえ、ご冗談を。あたくしは昔から、犬ではなくて、いい猿でございます」

「あら、ほんとねえ」

駒菊がうなずく。

「銀八つぁん、おまえさん、お座敷では蟹の横這いが得意だけど、よく見ると愛嬌のあるお猿さんね」

「わあ、ありがとうございます。駒菊ねえさんが褒めてくだすって、あたくし、舞い上がります」

「おまえさん、いい人にしか会ったことがないとお言いだけど、癪《しやく》だから、ちょいと嫌な人に会わせたげましょうか」

銀八の目がぱっと輝く。

「ほんとですか、ねえさん。そいつはありがたい。でも、そんな人、この世にいるんですか」

「廓にはね、嫌なお客だって、けっこういるのよ。客商売のあたしたちが言っちゃいけないけど、大名風を吹かせるお殿様。刀はさすがにご内証《ないしょう》で預かってるけど、腰の鉄扇《てっせん》でいつぴしゃりと叩かれるか知れず、冷や冷やするわ」

「わあ、お殿様の鉄扇ですか。当たりどころが悪いと、そのままこの世とお別れですね。お武家様だけは、何百万石のお殿様でも、ちょいとご勘弁を願います」

「そうねえ。廓で威張り散らす侍なんて、野暮の骨頂よ。あ、そうそう、侍よりももっと野暮で質《たち》の悪い嫌なお客がいたわ」

「ほう。そんなのがいますか。それはぜひともお願いせねば」

「いいわよ。でも覚悟なさい。どうなっても知らないから」

駒菊は奥の女将に声をかける。

「女将さん、今夜の鹿島屋《かしまや》さんのお座敷、お客様はしゅうさんでしたよね」

「そうよ、駒菊ちゃん、鹿島屋さんはしゅうさんよ。芸者衆はおまえさんを入れて五人、決まってるけど。しゅうさんは難しいから、気をつけてね」

「女将さん、それはいいんですけど、幇間は決まってますか」

女将は首を横に振る。

「いいえ、芸者衆もしゅうさんだと尻込みする子が多いけど、幇間はもっと駄目よ。こないだ、三ノ輪《みのわ》の歌助《うたすけ》さん、しゅうさんのお座敷のあと、ぽっくり死んじゃったでしょ」

「そうでしたわねえ」

顔をしかめて、うなずく駒菊。

「しゅうさんに無理やり、饅頭《まんじゅう》食わされて、胸焼けで死んだのよ。歌助さんは、ほら、辛党だから甘いもんなんていっさい受けつけないのに、面白がって、しゅうさんにくっついてる弁吉《べんきち》ってのが、無理やり口の中にねじ込んで」

「あらあ、しゅうさんも嫌だけど、弁吉はもっと苦手《にがて》だわ。あいつ、しゅうさんにたかってるごろつきでしょ」

「でも、しゅうさん、お金があるから、なんでも許されちゃうのね」

お金があると聞いて、銀八は身を乗り出す。

「ええ、そのしゅうさんて人、お金持ちなんですか」

「持ってるわよう」

女将が請け合う。

「じゃあ、よろしければ、女将さん、あたくしを鹿島屋さんのお座敷にお世話願えませんでしょうか」

「いいわよ」

「まあ、銀八つぁん、本気なの」

駒菊が心配そうに銀八の顔を覗き込む。

「もちろんですよ、ねえさん」

「でも、なにされるか、わからないわよ」

「はあ」

「さっきも話に出たけど、変なもん、食べさせるのが、道楽でね。ほら、あたしたち芸者はお客から無理なこと言われたら、いやなときは首を横に振れるでしょ。一晩相手をしろなんて言われても、断るのが芸者の心意気」

「さすが、駒菊ねえさん、あたくし、ますます惚れてしまいそうです」

「馬鹿なこと言ってんじゃないわよ。幇間は座敷で旦那から言われたことには、決して逆らえない。それが幇間の商売でしょ」

「はい、たとえ火の中、水の中」

「しゅうさんは、そこで幇間に無理難題を押しつけるのよ。あれを食え、これを食えって。相手が幇間なら胸かきむしって死んだって、どうってことない。文句が出れば、お金で済ませる。前はご祝儀の小判につられて喜んでなんでも食べる幇間がけっこう多かったの」

「えっ、なんか食べるだけで小判のご祝儀ですか。ありがたいっ」

「変なもん食べて、苦しむでしょ。そしたら、しゅうさん、大喜び。印籠《いんろう》から薬を出して、苦しんでる幇間に飲ませるのよ。すると、人によるけど、苦しいのがぴたっと止まって、駄目な人はしばらく苦しんだまま」

「変なもん、それ、毒ですか」

「まあ、そんなようなもんよ。饅頭や羊羹《ようかん》や菓子が多いけど、食べさせて、苦しむと、今度は毒消しの薬を飲ませて、喜んでるの。相当に変なお客でしょ。だから、しゅうさんのお座敷、あたしたちもあんまり出たくないの」

「いったい、何者なんですか、そのしゅうさんて人」

「駒菊ちゃん、そこまでにしときなさい」

女将が横から口を出す。

「お客の素性は知ってても、ぺらぺらしゃべらないのが、あたしたちの決まり事」

「ほんと、女将さん、気をつけます」

「銀ちゃん」

お京が言う。

「そのお客のお座敷、ぜひ、出てみなさいよ、今夜。直《じか》に会えば、相手の素性なんてすぐにわかるわ。いいでしょ。女将さん」


吉原の引手茶屋、鹿島屋の二階の奥座敷はすでに賑やかに盛り上がっていた。客は三人、芸者は五人。駒菊が三味線《しゃみせん》を弾き、ひとりが踊り、三人の芸者がそれぞれ客にしなだれかかっている。五人も揚げるとは、けっこう豪勢なもんだ。

銀八は座敷の戸口で中の様子をうかがった。踊りの途中で派手に乗り込んでは場が白ける。

区切りのついたところで、すうっと音もなく座敷に入る。

「へっへっへ、どうも、こちら、しゅうさんのお座敷で間違いございませんね。あたくし、銀八でございます」

挨拶をしながら、座敷をさっと見る。正面にいる総髪の男。歳は五十から六十ぐらいか。背筋がしゃんと伸びて、色白で彫りの深い顔立ち。これがしゅうさんだな。

両端にいるのがひとりは四十前後の遊び人風。駒菊が言ってたしゅうさんにたかるごろつきの弁吉だろう。もうひとりは地味だが上等な身なりの商人で、歳は還暦は過ぎていよう。三人がいっせいにじろじろと銀八を値踏みするように見る。

「うむ。おまえが銀八か。よく来た。まずは一献とまいろう」

おや、しゅうさん、身なりは学者を思わせる文人風、しゃべり方はちょいと固い武家のようでもある。置屋の女将さんも駒菊ねえさんも、しゅうさんの正体を詳しくは教えてくれなかった。

銀八はするするとしゅうさんに近づき、畳に額をこすりつける。

「ありがとうございます。旦那がしゅうさんですね」

「うん。さ、いこう」

「ははっ」

盃を受け、ぐいっと飲み込む。

「どうぞよろしゅう、お願い申し上げます」

「さっそくだが、なにかやって、見せてくれ」

「ははあ、かしこまりました。ねえさん、頼みますよ」

「あいよっ」

「蟹の横這いとござい」

駒菊の三味線に合わせて、銀八は蟹の横這いを踊る。

「おお、これは見事じゃな」

しゅうさんが感心し、芸者たちもうなずく。

「どうも、お粗末様で。失礼をいたしました」

「先生。あっしはこんなの、初めて見ましたぜ。こいつは面白えや。おう、銀八って言ったな。おめえ、どこでそんな芸、覚えたんだ」

弁吉に言われて、にたあっと笑う銀八。

「へい、旅から旅に流れ流れて習い覚えました。顔が猿で踊りが蟹、猿蟹の銀八とお心にお留めくださいますれば、うれしゅうございます」

「なるほど、おめえ、ひとりで猿蟹合戦かよ。こいつはいいや」

客も芸者もみな笑う。

「みなさま、どちらさまもありがとう存じます」

角兵衛獅子で覚えた蟹の横這いがこんなところで受けるとは思わなかった。それはそうと、弁吉はしゅうさんのことを先生と呼んだな。総髪で重々しい語り口、なんの先生だろう。

「滑稽にして、珍妙なる踊り。猿蟹の銀八、愉快であるぞ。褒美をとらす」

「へえ、ありがとうございます。さっそくなにかいただけるんでございますか」

「佐賀屋《さがや》殿」

しゅうさんは商人に声をかける。ということは、この商人の屋号が佐賀屋か。

「はい、先生」

「あれはありますかな」

「はい、ございます」

「では、これへ」

「承知しました」

佐賀屋は手元の袱紗《ふくさ》をごそごそして、中から紙包みを取り出し、しゅうさんに手渡す。

「銀八、そのほう、金平糖《こんぺいとう》は存じておるか」

「いえ、なんでございましょう」

「長崎より京に上《のぼ》り、京より江戸に下《くだ》った珍なる菓子である」

しゅうさんは一粒の菓子を取り出し、つまんで見せる。

「手を出すがよい」

「ははあ」

銀八は掌《てのひら》を上に向けて差し出す。そこに金平糖が一粒、落とされる。一寸の半分、五分ぐらいの小さな菓子で、ところどころでこぼこしている。

「遠慮はいらぬ。食べてみよ」

「えっ、ここで、今すぐでございますか」

「さ、甘い菓子は嫌いか」

「いえいえ、甘いのも辛いのも大好物でございます。では、お言葉に甘えまして、旦那様方の前で行儀が悪うございますが、遠慮なく」

掌の金平糖を口まで持っていき、ぱくっとする銀八。

「どうじゃ」

「おお、なんと、これはおいしゅうございます」

「苦《にが》くはないか」

「いいえ、固くて甘うございます」

それから銀八は三人の客に酒を注いでまわる。

「さあ、おひとつどうぞ。今後とも、ご贔屓に」

しばらくして、苦しそうに胸を押さえる銀八。

「ううっ」

「どうした」

弁吉が声をかける。

「うっ、なんだか、急に胸が苦しくて」

「おお、それはいかんな」

しゅうさんが顔をしかめる。

「どこか、痛むか」

「胸から腹にかけまして、差し込むように。うっ」

「差し込みかもしれんな。よし」

しゅうさんが印籠から黒い丸薬《がんやく》を取り出す。

「これを飲めば、楽になるぞ」

「ありがとうございます」

受け取って、再び口を開けてぱくっとする銀八。

「あ、なんだか、楽になってきました」

しゅうさんは佐賀屋と顔を見合わせうなずく。

「そうであろう。効きめが思ったより早いようだが、すぐによくなるぞ」

鹿島屋の番頭が入口で頭を下げる。

「みなさま、お迎えがまいりましたので、そろそろお仕度を」

「ごくろう。では、みんなまいろうか」

「はい、先生」

「銀八、調子はいかがじゃな。わしはおまえが気に入ったぞ。どうだ、これからわれらとともに妓楼に繰り込まぬか」

「わあ、うれしゅうございます。ですが、まだ少し痛みますので」

「さようか」

しゅうさんは懐《ふところ》から小判を数枚つかみ出し、銀八の前にちゃらちゃらと音を立てて並べる。

「祝儀じゃ。今宵はゆるりと休むがよい」

「うわあ、こんなに。ありがとう存じます。失礼とは存じますが、先生のお名前をうかがってもよろしゅうございますか」

「へへ、おまえ、知らねえのかよ。こちらの先生は麻布《あざぶ》でその名も高い名医の浦川《うらかわ》周庵《しゅうあん》先生だ」

「さようでございましたか。ありがとうございます」

「銀八、大事にいたせ」

「ははあ」

客三人は座敷を出て行き、四人の芸者は見送りに出るが、銀八と駒菊が残る。

「ちょいと、銀八つぁん、おまえさん、ほんとに大丈夫なのかい」

「はい、餓鬼《がき》の時分から、なんでも食って、どんな拾い食いも平気でしたからね。びくともしておりません」

「でも、おまえさん、あのしゅうさんに気に入られるなんて、幇間としては、たいしたもんだわ」

「ありがとうございます。駒菊ねえさん、ちょいと伺いたいんですが、周庵先生といっしょのお客様、ひとりは弁吉さんですよね」

「そうなのよ。いけすかないわ」

「で、もうおひとり、佐賀屋さん、どのようなご商売なんでしょうか」

「おまえさん、もう、旦那の吟味かい」

「いえいえ、ちょいと気になりまして」

銀八はさきほどの祝儀から小判一枚をそっと駒菊の手に握らせる。

「えっ、いいのかい」

「今夜のお座敷に出られたのは、ねえさんのおかげですから。どうぞ」

「じゃ、教えたげる。佐賀屋太兵衛《たへえ》さん、いつもしゅうさんにくっついてるわ。日本橋三丁目の大きな薬種問屋、そこの旦那様よ」

二

銀八はその夜のうちに田所町の亀屋を訪ねた。

「番頭さん、夜分、畏れ入ります。旦那はもうお休みでしょうか」

二階から勘兵衛の声がする。

「起きてるよ、銀さん。久助、上がってもらいなさい」

「へーい」

久助に促され、銀八は階段をとんとんと二階へ上がる。夜具はまだ敷かれておらず、勘兵衛は行灯の灯りで文机の上の絵草紙を眺めていた。

「旦那、遅くにお邪魔いたします」

「うん、銀さん、四つは過ぎているが、わたしが起きているのがよくわかったね」

「外から二階の灯りが見えましたので」

「なるほど。おまえさん、夜目もいいんだろ」

「へへ」

首筋を撫でる銀八。

「で、こんな時分に顔を見せたということは、おまえさん、なにか耳よりな話に出くわしたんだね」

「まあ、そんなところで」

と言いながら、銀八は勘兵衛の話しぶりや立ち居振る舞いに感心する。月ノ輪の親方、盗賊一味の頭目、しかも以前は武士。それがどう見ても町人、横町の小さな絵草紙屋の主人で裏長屋の大家、堂に入ったものだ。

周りにだれもいないときでも、勘兵衛や長屋のみんなと接する場合は、町人同士がしゃべっているようにと念を押されている。

それで親しげに銀さんと呼ばれたんだな。そういえば、お京には最初銀の字と呼ばれていたが、今は幇間と女髪結なので銀ちゃんときた。

思えば、吉原で客として銀八を持ち上げてくれた小間物屋の徳次郎、大工の半次、易者の恩妙堂玄信、みな元は武士だというが、とても見えない。そこが月ノ輪一味の凄いところだ。ひとりだけ武士そのものの左内は恐ろしい人斬り、箸職人の熊吉はいざとなったら素手で相手をひねり潰すだろう。鋳掛屋、飴売り、産婆にしても、お勤めとなれば、なにかしらの働きをするに違いない。それが町の長屋に溶け込んで、決して盗賊一味に見えないのだから、たいしたもんだ。

「どうした、銀さん。ぼんやりして、疲れてるのかい」

「あ、いいえ」

吉原から今戸の長屋は近いが、日本橋までは少し距離がある。が、疲れるほどじゃない。餓鬼の頃から歩くのはまったく苦にならない。

「ちょいと気になる相手でしたので、早くお伝えしたくて。夜分にすいませんねえ」

「いいんだよ。で、どんな話をつかんだんだい」

「嫌われ者のお大尽なんて、吉原にはいくらでもいそうですが、今日、あたくしが出会いましたのが、とんでもない変わり者でして」

銀八は鹿島屋の座敷で出会ったしゅうさんこと、医者の浦川周庵について語る。

「ほう、するとなにかい。おまえさん、金平糖で苦しんだのか」

「いいえ、その前に置屋であらましを聞いておりましたから」

「えっ、食わなかったのかい」

「金平糖って菓子は初めて見ましたが、小さいもんでしたから、食った振りして誤魔化しました。大きな饅頭でなくて、よろしゅうございました」

「じゃ、印籠の丸薬も」

「毒を飲まないで毒消しだけ飲むのは、かえって毒だと思いまして、これもちょこっと飲んだ振り」

「ふふ、さすがだね。苦しむ振りも見破られず」

「昔、目の前で毒の酒を飲まされて死んだ人がいましたんで、そのときのことを思い出して」

「そうかい」

「変な遊びもあったもんです。幇間にいかがわしい菓子を食わせて、苦しませて喜ぶなんて。それをあたくしが前もって知ってるとは、向こうは知りません。ほんとに苦しんだと思って、丸薬をくれたんです」

「それを聞いて、一安心だ。今、おまえさんにもしものことがあったら、せっかくの仕込みが台無しになってしまうからな」

「へへ、浅草の観音様で旦那と長屋のみなさんにご赦免《しやめん》いただいたこの命、大切にして、お役に立てたいと存じます」

「で、その金平糖と丸薬はどうした」

銀八は懐から紙包みを取り出し、勘兵衛に見せる。

「汚れないように、別々に包んであります」

「預かってもいいかい」

「どうぞ。そのつもりで持ち帰りましたから」

「手回しがいいね」

「周庵とつるんでいるのが、やくざものの弁吉。もうひとり、ちょいと年上の商人で、佐賀屋太兵衛、日本橋三丁目の薬種屋の主人とのこと」

「ほう、よく探ってくれた」

「医者にせよ、薬種屋にせよ、金はありそうですよ。なにしろ、あたくしに祝儀、驚くなかれ、五両も頂戴いたしました」

「ほう、豪勢だな。よほど有り余ってるんだろう」

「あのあと、大見世に繰り込んで、ぱあっと小判を撒くんでしょうかねえ」

「うん、狙い目かもしれないね。じゃ、麻布の医者、浦川周庵とその周りは、こっちでちょいと探ってみるよ。お勤めにできるかどうか、どれぐらい嫌なやつで、どれぐらい悪どく稼いでいるか」

「では、及ばずながら、あたくしも」

「そうだね。おまえさんには、まだ吉原で幇間を続けてもらう。贔屓されれば、周庵のこと、さらにわかるかもしれない。また、その医者に限らず、吉原には汚く金をばらまく嫌われ者のお大尽はいくらでもいるだろうから、いろいろ探っておくれ」

「そのことでしたら、亀屋の旦那、どうぞこの銀八におまかせくださいまし。吉原の探索、誠心誠意、務めさせていただきます」

「ふふ、頼もしいね。お願いしますよ、銀さん」


翌日の昼間、亀屋の二階にお京、お梅、弥太郎、徳次郎が顔を揃えた。勘兵衛は銀八が吉原でつかんだ話を伝える。

「お京さん、幇間の銀八、けっこう役に立つようだ」

「そうですか」

「うん、さっそく、嫌われているお大尽をひとり、見つくろってくれたよ」

「ゆうべですね。そのお大尽、しゅうさんでしょ」

「知ってる客かい」

「いえ、あたしはよくは知りません。幇間に変なもん食わせて、苦しがらせて、薬飲ませて喜んでる変な客とは聞きましたが、見たことはありませんね」

「ちょっと、大家さん」

お梅が言う。

「変なもん食べさせて、苦しんでるのを見て喜ぶ。それって、下手《へた》すると死人が出るんじゃありませんか」

「もう出てるそうだよ、お梅さん」

「そうなのよ」

お京が相槌を打つ。

「三ノ輪の歌助って幇間が死んだらしいわ」

「へえ。それじゃ、人殺しでしょ」

「幇間がひとり死んだぐらいじゃ騒ぎにならないし、食あたりで片付いたんでしょうよ」

「いったい、何者なの。そんな恐ろしい遊びをする客」

お梅が眉をひそめる。

「それがね、お梅さん」

勘兵衛が言う。

「銀八が本人から聞き出した。麻布の医者で浦川周庵というそうだ」

「医者ですって」

お梅が目を剝く。

「医者がそんな真似をするわけないでしょ。偽医者かしら」

「うん、それをちょいと探ってほしい。弥太さん、麻布に浦川周庵という医者がいるかどうか、いたとすれば、どんな評判か」

「承知しました」

「それと、座敷で医者とつるんでいたのが遊び人の弁吉、もうひとりが日本橋三丁目の薬種商、佐賀屋太兵衛というんだ。遊び人は別として、徳さん、佐賀屋の周りの商家で聞き込んでほしい。どんな評判か」

「お任せください。日本橋三丁目なら、薬屋はけっこう多いですよ。あそこで店を出してるなら、まず、そこそこは繁盛してるはずです。小間物担いで、話を集めてまいります」

「あの、ちょっと気になるんですけど」

お梅が首を傾げる。

「薬種商の佐賀屋、その屋号、聞いたことあるような、ないような」

「お梅さん、お抱え医師の後家さんだったたね。ご亭主のところに出入りしていた商人だろうか」

「ええ、そうかもしれません。今すぐに思い出せませんが、なにかわかれば、お伝えしますけど」

「うん、頼むよ。それから、お京さん、吉原に出入りしている幇間で、他にも変なもん食わされて死んだのがいないか、また、食ったのにぴんぴんしてるのがいたら、それとなく調べてほしい。周庵からご祝儀、銀八は五両貰ったそうだ」

「まあ、五両だなんて、たしかにお大尽ですね。わかりました」

「お梅さん、おまえさんにはひとつ、厄介な仕事をお願いしたいんだが」

「なんでしょう」

　勘兵衛は紙包みを取り出す。

「これが銀八の食わされかけた金平糖と、毒消しらしい丸薬だ。口に入れる振りをして、持ち帰ったそうだよ。なにが混ぜてあるか、わかるかい」

「へえ、幇間、やりますね。食べた振りして持ち帰るなんて。どんな毒か薬か、調べられるかどうか、わかりませんけど、やってみましょう」

「晦日までに、わかったことがあれば、みんなで照らし合わせて、世直しに通じるか、相談しようじゃないか」

浅草田町の置屋で女将が顔をほころばせる。

「売れてきたわね、銀八つぁん。今夜の鹿島屋さんのお座敷、しゅうさんよ」

「女将さん、ありがとうございます。しゅうさん、あれからお呼びじゃなかったんで、気に入られなかったかと心配してたんですよ」

「そんなことないわよ。しばらくお見えにならなかっただけ。お忙しいんじゃないかしら。久々にいらして、銀八つぁんをお名指しですもの、ご贔屓に違いないわ。よかったわね」

置屋の女将に挨拶し、銀八はいそいそと大門をくぐり、鹿島屋の二階の奥座敷へ向かう。すでに芸者の唄と踊りが始まっている。区切りがついて、すっとすべりこむように中に入る。今日も前回と同じく、周庵を中心に弁吉と佐賀屋も座っている。

「いやあ、どうも、どうも、先生、毎度ご贔屓にあずかりまして、ありがとうございます」

周庵は左右の弁吉、佐賀屋と顔を見合わせ、うなずく。

「来たな。猿蟹の銀八、どうじゃ、その後、体の調子は」

「はい、夏の暑さも過ぎまして、過ごしやすく、健やかに過ごさせていただいております。それも、先日差し込みました折りに、先生から頂戴した結構なお薬のおかげと、この銀八、感謝感激でございます」

「そうか。さ、一献まいろう」

「ははあ、ありがとうございます。まずは先生からどうぞ」

「うむ」

「本日は先生、一段とお顔の色艶《いろつや》がよろしゅうございますな。佐賀屋の旦那、おひとつどうぞ、今後ともご贔屓に」

「はいはい」

「さ、弁吉親方、おひとつどうぞ」

「おう。ありがとよ。おまえも飲みな」

芸者の唄と踊り、銀八も例の蟹の横這い。そうこうするうち、番頭が妓楼からの迎えを知らせる。

「よし、銀八、今宵は供をいたせ」

「うわあ、ほんとですか。どこにでもお供いたします」

その夜は大見世での派手な散財、浮かれてそれぞれの相手の部屋へ。烏《からす》の声で一夜が明ける。

「おはようございます。先生、みなさま、つつがなく朝となりました。今日もいいお天気でございますよう」

やがて、お開きとなり、銀八は周庵、佐賀屋、弁吉の後ろに従って、大門の外で頭を下げる。

「先生、みなさま、ありがとうございます。また、ご贔屓願います。どうぞ、お気をつけて」

「うむ」

鷹揚にうなずき、去っていく周庵。付き従う佐賀屋。深々と頭を下げ続ける銀八。

「おう、銀八」

「あ、親方」

弁吉が横から見下ろすように銀八を見ている。

「おめえ、もてたかい、ゆうべは」

「ご冗談を。あたくしのような猿蟹がもてるわけありませんや。親方、気風《きっぷ》がいいから、さぞおもてになったでしょうねえ」

「まあな」

銀八はぴんとくる。弁吉は周庵にたかる遊び人。ひょっとして、こっちにもたかる気だろうか。今回のご祝儀、たっぷりだったからな。それならひとつ、たからせてやろう。

「親方、どうです。ゆうべは花魁相手に大層お疲れになったでしょう。精をつけるために、そこらで鰻《うなぎ》でもいかがです」

「いいねえ。鰻かい」

「あたくしが周庵先生にご贔屓いただけるようになったのは、初日に親方があたくしの蟹踊りを大層褒めてくださったからだと、感謝しております」

「ほんとかい」

「ほんとですとも。お礼のしるし、鰻、いかがでしょう」

「え、お礼のしるしって、おまえが奢ってくれるの」

「へへ、及ばずながら」

弁吉は顔をしかめる。

「おい、幇間てのはな、旦那をおだてて、奢られるのが商売だろ。自腹で飯なんか食わないのが幇間の心意気だ。人に奢ってどうするんだよ」

「はあ、すいません。あたくしとしたことが、出過ぎた真似をいたしまして」

銀八は扇子で額をぽんと打つ。

「だけど、おめえのその気持ち、うれしいや。じゃ、せっかくだから気持ちよく、ごちになるぜ。鰻で一杯やろう」

なんだ。結局たかるんじゃないか。

「あ、親方、そこに鰻の看板が出てますよ。さ、まいりましょう」

鰻屋の小座敷にあがって、昼にもなっていないのに、鰻で一杯なんて、悪くない。懐には昨夜の祝儀がたっぷりなのだ。

「さ、親方、おひとつ、どうぞ」

「おう、すまねえなあ」

ぐいっと盃をあおる弁吉を見て、銀八はにやり。さて、せっかくだから、周庵のこと、うまく聞き出そう。悪人で金持ちなら間違いなく月ノ輪一味の獲物になる。

「ときに親方、周庵先生は遊び方が図抜けてますけど、裕福なご病人の方々をたくさん抱えておられるんでしょうねえ」

「そうだなあ。病人の数はそんなに多くないよ。弟子もいないし、ひとりじゃそんなに診られないから、よほどの金持ちしか相手にしねえや」

「はあ、病人は数少なく、みんな金持ち」

「大勢を受け持ったりしたら、吉原で遊ぶ閑《ひま》なんてないぜ」

「ははあ、通人でいらっしゃる。じゃあ、薬料も高いんでしょうね。この前あたくしがいただいた印籠の薬。胸の差し込みがぴたりと治りましたが、一粒でびっくりするような値段なんでしょう」

「そうだよ。喜びな。あの薬はちょっとやそっとじゃ、口にできない。先生は医者で稼いでるが、高い薬代は佐賀屋の旦那の儲けになるんだ」

「ええっ」

「へへ、驚くことはないや。医者と薬屋は持ちつ持たれつって決まってる。それに坊主が加わりゃ、怖いもんなしだな」

医者が病人の診立てで儲け、薬屋は薬で儲け、死んだら坊主が丸儲け。それに遊び人も一枚加わっているわけか。

「どうだい、おめえも一枚、加わってみちゃ、どうだい」

「え、なんの話です」

弁吉はじっと銀八を見つめる。

「わかってるだろ。金平糖だよ」

首を傾げる銀八。

「あの、こないだ、先生から頂戴した京の菓子ですか」

「うまかったかい」

「はい、おいしゅうございました」

弁吉はふんっと鼻を鳴らす。

「嘘だね。あれには甘い仕込みがしてあるが、ほんとはちょっと苦い。口に入れれば、苦しむんだ」

「だれが苦しむんですか」

「とぼけなくてもいいや。わかってるんだよ。先生だって、佐賀屋の旦那だって、おめえの魂胆、とっくに見抜いてるぜ」

「魂胆とおっしゃいますと」

「ふんっ、おめえ、あのとき、金平糖を口に入れる振りして、食わなかっただろう。印籠の丸薬だって、飲んでないよな」

言われて、銀八は驚く。

「どういうことです、親方」

「おめえ、只者じゃねえってことよ」

「あたしがですか」

「なにか魂胆があるんだろ」

銀八は大きく溜息をつく。

「たしかに親方、おっしゃる通り、金平糖も丸薬も口に入れませんでした。よくわかりましたね」

「蛇の道はなんとやらでな。おめえこそ、よくわかったな。ただの菓子じゃないって。それで口に入れる真似だけしたんだろ」

「なんだ、親方もお人が悪い。あたしら幇間の間じゃ、とっくに噂になってますよう。周庵先生の座敷で甘いもん食ったら、苦しむってのは。ご祝儀はたっぷりいただけるが、饅頭食って死んだのもいますからね」

「そこまで知ってたのか。味な真似しやがって。祝儀ほしさとも思えねえ。おめえ、ただの幇間じゃねえだろ」

「さすが、親方。鋭いですね。だけど、茶屋遊びにしちゃ、ちょいとやり過ぎですよ。幇間に変な菓子食わせて、苦しませて、丸薬で治るのを見て、楽しむなんて」

「おめえ、素人じゃねえな。ふふ、先生と佐賀屋の旦那と俺で、吉原で遊びながら、幇間を使って、いろいろと薬を試してたんだよ」

「えええっ」

「わざとらしいよ。知ってたんだろ。そこまで驚かなくていいや。饅頭にしろ、羊羹にしろ、薬は佐賀屋の旦那が調合して、それを菓子に混ぜるその加減にいろいろ工夫がいるのさ」

「その毒消しが印籠の丸薬ですね。だけど、どうして幇間で試すんです。試すだけなら、そのへんの物乞いで済むでしょう」

「普段、変なもん食ってる物乞いじゃ駄目だ。幇間はたいてい口は奢ってるから、都合がいいんだ」

「ふうん」

「ところで、おめえ、いったい何者なんだ。町方の手先とも思えねえ」

「親方、お察しの通り、あたしはたしかに堅気じゃありません。幇間だって、世間から見りゃ、堅気じゃないかもしれませんけどね。見破られちゃ、仕方ありませんや。正直に申しましょう。実はあたし、盗っ人です」

「へっへっへ」

弁吉は驚きもせず、笑う。

「やっぱりな。この前、おめえを見て、なんかあると思ってたんだ。なるほど、そうかい。旦那に取り入って祝儀をたかる幇間と、旦那から金をくすねる盗っ人と、似たり寄ったりだが」

わあ、こんなやつに言われたくないや。と内心思っても、銀八はにこにこ。

「親方が相手じゃ、隠そうったって、隠しきれません。以前、明烏の千次郎親分のところでお勤めをしておりました。ご存じですか。明烏」

「いや、俺も見ての通り堅気じゃねえ渡世だが、盗っ人のことは詳しく知らねえ」

「うちの親分が死んで、身内もいなくなり、独り働き。幇間の片手間に吉原で金離れのいいお大尽をみつくろって、忍び込もうって寸法でした」

「うまいこと考えやがったな」

「親方の前だが、麻布の浦川先生のお宅、弟子がいないってことは、用心が足りないですね。うまく探って、忍び込めるようなら、一仕事と思ってたんですが」

「弟子はいないけど、おめえ、下手に忍び込んだりしたら、危なかったぜ」

「え、なにか盗っ人除けの仕掛けでもあるんですか」

「弟子はいないし、先生は独りもんで女房子もいないが、凄腕の用心棒がいっしょだよ」

「へえ、そんなのがいるんですか」

そこへぶーんと蚊《か》が一匹飛んでくる。瞬時に弁吉が匕首《あいくち》を抜いて宙を切ると、ぱらりと真っ二つの蚊が膳の上に落ちる。

「うわああ。なんです、今の」

にやりとして匕首を鞘に収める弁吉。

「俺がいつも先生の側についてるのは、ただのたかり屋じゃねえよ。用心棒なのさ。おめえ、先生の家に盗みに入らなくてよかったな」

「ああ、驚いた。昔の仲間はみんな捕まって、この世におりません。かいくぐってあたしだけ、なんとか細々と生き延びたこの命、麻布でお陀仏になるところだったんですね」

「おめえ、けっこう器用だろ」

「はあ」

「金平糖の手口、おやっと思ったのは俺だけで、先生も佐賀屋の旦那も気がつかなかったようだ。苦しみ方もうまかった。だけど、俺の目は誤魔化せねえぜ」

「そうでしたか」

「おめえの腕を見込んで打ち明けるが、だれにも言うんじゃねえぞ」

「はい」

「先生の評判がいいのは、重い病人を治すからだが、どんな病《やまい》でも治せるわけじゃねえ。だから御典医の口があっても、受けられねえ。貧乏人を相手にしないのは、もともと先生は藪《やぶ》だからだ」

「え、名医なのに藪なんですか」

「先生が治せるのは贅沢な金持ちだけだ。金持ちがどうして病人になると思う」

「さあ」

「うまいもん食って、いい酒飲んで、好き放題して、しかも病になんかなりたくない。歳も取りたくなければ、女にもてたい。そんな我儘な贅沢言ってる連中が、求めるのが健《すこ》やかになる薬。佐賀屋の旦那が長崎帰りの本草学者と考案した長寿丸《ちょうじゅがん》。血のめぐりがよくなり、衰えかけた年寄りでも元気が出過ぎて、女がほしくなる」

「ほんとですか」

「うん、値段がべらぼうに高いんで、ちょっとやそっとの金持ちでも、なかなか手が出せないい。が、いったん飲み続けると、急に体が弱って、飲む前よりも衰える。それを療治できる名医が浦川周庵先生だ。つまり長寿丸の中にちょいと危ない養分があって、その毒消しを用意できるのが周庵先生なんだ」

なるほど、そういうからくりか。

「親方、じゃあ、それで周庵先生も佐賀屋の旦那も金持ちなんですね」

「おめえ、長寿丸を飲まなくても、血のめぐりがいいじゃねえか。佐賀屋の薬は元気の出る毒、周庵先生が毒消しで治す。金持ち相手だから、稼ぎはいいが、数は限られてるだろ。そこで思いついたのが金平糖だ」

「ええっ。あたしが食いそこなった京菓子」

「菓子じゃない。菓子のような薬飴《くすりあめ》として佐賀屋が売り出す。人を健やかにする養《よう》生糖《じょうとう》とでも名付ければ、金持ちは手を出したくなる。値も高ければ高いほど、評判になる。金持ちの病人が増えて、それをあっという間に治せるのは毒消しを持ってる先生だけ」

思わず顔をしかめる銀八。

「盗っ人より、いい商売ですね」

「そうだろ。おめえ、仲間になりな」

「あたしはなにをやればいいんですか」

「養生糖はまだできちゃいねえ。今、周庵先生が麻布であれこれ、練り合わせているところだ。これを売り出す前に、効き目を試しながら、先生の評判を高める工夫を考えている。たとえば、人の集まる盛り場あたり、飯屋でも茶店でもなんでもいいが、なんか飲んだり食ったりしてるやつのところに忍びよって、養生糖と同じもの、甘みはないけど、小さな粒をそっと飲み物に入れる。飲んだやつは苦しむ。そこへたまたま先生が通りかかり、目の前で苦しんでいる病人をほっとけないというんで、診て治すと、評判が高まる」

「あたしが毒を撒いて、先生が毒消しで治す」

「毒じゃないぜ。少しは危ないものも入ってるが、薬飴だ」

「つまり茶店かなにかで客にそっと食わせる役目があたし」

「おめえ、ぱっと見は全然目立たないし、手先は器用だろ」

「親方にそこまで見込まれるとはなあ」

「仲間になりな。薬飴が売り出されると、金持ちの間で似た病が広まり、評判の先生がそれを治して、ぼろ儲け。どうだい、やりがいがあるだろう。ここまで打ち明けた以上は、後には引けねえよ。いやだといったら、おめえを町方に突き出すぜ。明烏一味の盗っ人として。それともさっきの蚊みてえに、真っぷたつになるか」

　不敵な笑みを浮かべる弁吉。

「親方、それぱかりは勘弁です。よろしいですとも。近頃景気が悪くて困ってたところですから。ぜひともお仲間に加えてくださいな」

三

亀屋の二階で銀八から話を聞く勘兵衛。

「銀さん、よく知らせてくれた。そういうからくりがあったんだな」

「弁吉から聞いてて、あたくしも嫌になりましたよ。周庵も佐賀屋も相当に儲けてます。年寄りに元気が出る薬を高い金で売りつけて、弱ったところを高い薬料で周庵が療治する。しかも今度は金平糖に似せた養生糖なんて薬飴を売り出して、病人を増やそうってんですから、呆れました。どうです。ごっそり盗んで連中を無一文にしてやっても、盗っ人として人の道に背《そむ》くことはないと思います」

「気に入ったよ。人の道に背かない盗みか。ただ押し入って盗むだけじゃ、面白くないからね」

「じゃ、養生糖だかなんだかの薬飴が馬鹿売れして、佐賀屋と周庵の金蔵が膨れ上がった頃合を狙いますか」

「いや、そいつはいけない。そんな毒入りの薬飴を世に出してはならない」

「はあ」

「金を奪うだけが盗っ人じゃないよ。おまえさんは、人の大勢集まるところで、それをそっと撒く仕事を任されたんだね」

「はい、そこへ周庵がわざとらしく通りかかって、病人を診て助けるという筋書きなんですが、どうも気が進まなくて」

「よし、そこはわれら一同で工夫してみよう」

「じゃあ、大仕事になるんですね」

「佐賀屋と周庵と両方を狙う」

「あ、これを忘れちゃいけない。周庵は弟子はいないし、女房子もおりませんが、腕の立つ用心棒が側にくっついています」

「用心棒がいるのか」

「それが遊び人の弁吉、ただのたかり屋だと思ってましたが、凄腕ですよ」

「なるほど、優れた悪人は悪人を見抜く。その凄腕に、おまえさん、見込まれたんだな。わかったよ。気をつけよう。このお勤め、どう仕掛けるか、下調べもあるんで、おまえさん、しばらく、弁吉にも周庵にも佐賀屋にも近づかないほうがいいな。おまえさんの出番はこっちで仕組むから、そのときは頼むよ」

「旦那」

銀八の目が潤む。

「あたくし、なんだかうれしいです。こんなこと言うのは、幇間の世辞じゃありません。月ノ輪一味、本物の義賊ですね。義賊の中の義賊、いよっ、日本一」

晩夏六月も晦日となった。亀屋の二階の座敷に店子の面々が集まり、いつもの宴席が始まろうとしている。北側の床の間を背にした上座に大家勘兵衛、今日は地主の井筒屋作左衛門も加わり、その隣にお梅が並ぶ。

向かって右手の東側窓際に大工の半次、浪人左内、鋳掛屋二平の三人。反対側の壁際には易者の恩妙堂玄信、小間物屋徳次郎、箸職人の熊吉の三人。南側下座に飴屋の弥太郎、女髪結のお京、番頭の久助が席に着く。

「みんな、ご苦労さん。まずはお待ちかねの店賃、井筒屋さんが持ってきてくださったんで、今から配りますよ。じゃ、井筒屋さん、よろしく」

井筒屋作左衛門が福々しい恵比寿顔で挨拶する。

「明日から七月、間もなく秋だというのにまだ暑いですな。先月は江戸で盗賊を暴れさせて火付盗賊改方に返り咲こうなんて、愚かしくも道にはずれた悪事を企む旗本とその手先どもを罰することができ、お殿様も大変お喜びでした。今月はみなさん、新たな世直しの種を探してくれているでしょうが、正直言って、世の中に悪事なんてひとつもなく、世直しなんて考えなくてもいい世の中、それが一番なんだと思いますよ。では、今月の店賃を」

「待ってました」

半次がうれしそうな声をあげ、久助が作左衛門から受け取った紙包みをそれぞれに配って回る。

「井筒屋さん、おっしゃる通りです。悪事が報いを受けてなくなり、民がみな幸せに満たされていれば、わたしたちの出番はありませんな。それこそが一番いい世の中なのかもしれません。ですが、目前にまた新たな悪事が出来《しゅったい》しそうなので、その相談は盃を傾けながら。では、みんなご苦労様」

勘兵衛の言葉にうなずく一同。

「今日も井筒屋さんから伏見《ふしみ》の樽をいただいたんで」

「うわあ、そっちこそ、待ってましたあ」

半次が再び素っ頓狂な声をあげる。

「いつもながら、芸はありませんが、みなさん、どうぞ、召し上がってくださいな」

「いただきます」

それぞれ隣と注ぎ合ったり、あるいは手酌で盃を傾ける。

「勘兵衛さん、その後、いかがですかな。盗賊の手下から火盗改に寝返った幇間銀八の働きぶりは」

「はい、井筒屋さんのおかげもあり、吉原で贔屓の客がついて、なかなかよくやってくれております。なんといっても、わたしたちを盗賊月ノ輪一味と信じ込んでおり、汚く稼いで金をぱあっと使うようなお大尽がいれば、知らせるようにと言いつけてありますので」

「なるほど、この長屋が隠密長屋ではなく、盗っ人長屋と思い込んでいるわけですな」

「それについちゃ、井筒屋の旦那」

半次が目尻を下げながら言う。

「その節は過分に遊ばせていただき、ありがとうございます」

半次、徳次郎、玄信の吉原での遊興の費用は井筒屋が用意したのだ。

「いえいえ、わたしの自腹じゃありません。ちゃんとご家老を通じていただいておりますから、無駄な贅沢ではなく、みなさんの遊び心を見込んでのこと。遊里で幇間の銀八を売り込み、同時に銀八には大がかりな盗賊一味の仕込みと思わせる。筋書きがうまくいって、わたしもうれしいです」

「へへ、あたしと玄信先生は二度だけでしたが、徳さんは花魁にもてて、裏を返して馴染みになって、四度も通ってますからね。よっ、伊勢屋の若旦那」

「半ちゃんだって、もててたじゃないか。なにしろ、当代の名題役者成寅屋、中島松《なかじままつ》右衛門《えもん》の隠れ遊びなんだから。半ちゃんの中島松右衛門、吉原じゃ、ちょいとした騒動だったよ」

「えへへ」

徳次郎に言われて、照れる半次。

「そうなんだよ。おかげで二度が限度だった。いくら隠れ遊びだって、それ以上続けると本物に気づかれるだろ」

「いやあ、徳さんも半さんも遊び慣れておられる。わたしなんぞ、野暮な堅物、正体不明の文人墨客、花魁にも全然もてませんでした」

玄信が寂しげに言う。

「先生、どうせ花魁の前でもべらべらと難しいことしゃべったんでしょ」

「そんなつもりはないんだがね」

「へへ、あたしにしろ、徳さんにしろ、先生にしろ、銀八を売り込むのに精一杯楽しみながら、力を惜しまずに努めました。その前にお京さんが置屋の女将や芸者衆に働きかけてくれて、なにより助かりましたよ」

「あら、ありがと、半ちゃん」

「いよっ、成寅屋っ」

徳次郎が掛け声をかける。

「まあまあ、その銀八だが、吉原から持ち帰ったネタ、これがとんでもない話で、ぜひとも、次の世直しにつなげたい。飲みながらでも、みんなで方策を考えてみようじゃないか」

「拙者もそれを詳しくうかがいとうござる」

左内が言ったので、一同はうなずく。

「吉原で遊ぶお大尽の一行。医者の浦川周庵、いつも同行しているのが薬種商の佐賀屋太兵衛と遊び人の弁吉。この三人でよからぬことを企んでいるらしいというのが、銀八の持ち込んだネタなんだが。きっかけは三人の座敷に呼ばれた幇間が変な菓子を食わされ、そのすぐ後に苦しんで、さらに周庵から丸薬を与えられて快復するという噂。それについてはあとでお京さんに話してもらおう」

「はい」

「銀八が座敷を務め、金平糖と丸薬を入手したんで、それはあとでお梅さんから」

「わかりました」

「だが、ただこれだけでは、医者と薬屋と遊び人が吉原で悪ふざけをしているだけかもしれない。そこで、このネタをもとに、弥太さんと徳さんには、浦川周庵、佐賀屋太兵衛をそれぞれ探ってもらった。では、まず弥太さん、周庵について、わかったことを言ってくれないか」

「はい」

座り直して襟を正す弥太郎。

「周庵の住まいは麻布の宮下町《みやしたちょう》です。周りは武家地や寺社地が多くて、寂しいところですね。それでも人は歩いてますから、それとなく尋ねますと、すぐに教えてくれました。ということは、地元ではそこそこ名が通っているみたいです。家もけっこう大きくて、町屋ですから門などありませんが、竹藪に囲まれて、ちょいとした武家屋敷ぐらいはあります」

「評判はどうだね」

「それが、まあ、いい評判と悪い評判が半々てとこでして」

「ほう、半々なのかい」

「いい評判というのが、かなり腕のいい名医。ちょいとした病、頭痛や腹痛なんて相手にしなくて、難しい重病人を上手に治すというので、金のある商人や身分の高そうな武家が診立てを頼みに来るそうです」

「金持ち相手の名の通った名医か。悪い評判は」

「それが気位が高い上に薬料も高い。診てもらうだけでべらぼうな金がかかります。だから金持ちしか診ない。紹介がないと門前払い。金がなければ、最初から診てもらえませんが、金があっても一見《いちげん》はお断り」

「へっ、一見はお断りだって。まるで吉原の老舗《しにせ》の引手茶屋だな」

「半ちゃんはまだ吉原の話がし足りないの」

お梅が睨む。

「いえ、お梅さん、そういうわけじゃ」

「噂では、大名からお抱え医師の口があっても、断るそうですよ。町医者のほうが気楽でいいってことですか。士分になって、頭を丸めて、殿様の脈をとるよりは、金のある病人から高い薬料をとるほうがいいそうで」

「なるほど、御典医になれば、好きな吉原通いもままならぬというわけだね。だが、それだけでは悪人ともいえず、世直しにはなりにくいね」

「悪人かどうかは別として、そんなのは本物の医者じゃありません」

お梅が苦々しそうに不満を言う。

「いくら名医と評判でも、目の前で苦しんでいる病人に手を貸さないなんて、竹藪に囲まれた家にいるなら、それがほんとの藪医者です」

「わかったよ。お梅さん。周庵については、もっと詳しい話もあるけど、その前に、徳さん、周庵とつるんで吉原で遊んでいる薬種商、佐賀屋太兵衛についてなにかわかったかね」

「はい。日本橋三丁目で薬種商を営んでいます。近所の商家の台所に小間物担いで回りまして、いろいろと仕込んできました」

「徳さん、相変わらず、もてるね」

半次が茶化す。

「もうっ、半ちゃん、駄目よ、大事な話の腰折っちゃ」

お梅に睨まれ、首筋を撫でる半次。

「へへ、すいません」

「続けますよ。半ちゃん、黙ってな。佐賀屋太兵衛は歳は六十半ば、近所の評判はよくも悪くもありません。どちらかというと地味でそんなに目立たないようです。商売は順調で、長寿丸という薬が売れてるそうです」

「ほう、長寿丸、人の寿命を延ばす薬かな」

玄信が興味深そうに尋ねる。

「はい、そんなような薬で、年寄りは元気が出て、衰えかけてる男は精がつくとか」

「精をつける。ははあ、わかりましたぞ。おっとつですな」

「なんです」

「松前《まつまえ》の海に棲息《せいそく》する獣《けもの》おっとつ。その陰茎を乾かし、用いると、精がつくといいます。他に山椒魚《さんしょうお》、すっぽん、蝮《まむし》などがよく効くとの話ですな。おそらくはそれらの生薬《しょうやく》を混ぜて調合したのがその薬でしょう。薬でなくとも鰻や山芋《やまいも》がいいそうです」

「なあんだ」

半次が声を出す。

「先生、それって男を立たせる薬ですね」

「もうっ」

お京が顔をしかめる。

「半ちゃん」

「すいません」

「徳さん、つまり、佐賀屋は男に精をつける薬で当てたんだね」

「はい、大家さん。ですが、男といっても、客は年寄りで、しかも金持ちです。なにしろ、この薬、途方もなく高価なので、客は限られます」

「なるほど、それについても、銀八がその後に仕入れた話もあるから、あとで付け加えるよ。じゃ、お京さん、変なもん食って死んだ幇間のこと、なにかわかったかい」

「はい、三ノ輪の歌助という幇間が長屋で死んでいるのが見つかりました。前の晩に吉原の茶屋の座敷で周庵から饅頭を無理やり食わされて、気分が悪くなって抜け出して帰ったというのがわかり、周庵が座敷で幇間にいろいろ食べさせていることもわかってきまして、祝儀の小判につられて食べると苦しみますが、周庵が印籠から出した丸薬を飲ませると、すぐに治って元気になる。というのがかなり噂になってます」

「つまり、運悪く丸薬を飲み損ねた幇間だけが死んだんだね」

「他に死んだ幇間の話はありません。ただ、食わされたという幇間、これ、何人もいました。直《じか》に話を聞きますと、座敷が盛り上がって、褒美をやろうといって、饅頭だの菓子だの、相手によって違うんでしょうけど。みんな苦しいのは苦しかったが、今は平気だと言ってました」

「お京さん」

お梅が言う。

「苦しがってても、丸薬で治るのね」

「そうなの。みんなぴんぴんしてるわ」

「わかったわ。大家さん、医者の周庵と薬屋の佐賀屋が吉原の幇間を使って、薬を試してるんじゃないかと思います」

「お梅さん、いいところに気がついたね。あのあと、銀八からの新しい知らせも、同じことを言っていた。医者と薬屋が幇間で試していると」

「やっぱりそうだったのね。あたし、預かった金平糖と丸薬、内わけまではわかりませんが、なんとか調べられるところは調べました」

「ほう」

「二平さんに頼んで、鼠捕《ねずみと》りを用意してもらいまして。捕まえた鼠を使って、水で溶いた金平糖を一滴、口に含ませますと、ばたばたと暴れて、苦しみます。そこへすぐに丸薬のかけらを与えると、間もなく元に戻り、動き出します。お座敷の幇間たちも、鼠と同じじゃないでしょうか」

「驚いたな、どうも。お梅さん、すごいじゃないか。鼠とはね。幇間を使って薬の効能を試すとは、医者と薬屋のただのお座敷遊びとは思えない。実は、これに深いわけがあることがわかったんだ」

「どんなわけかは知らないけど、その医者も薬種商も許せないわ」

お梅が言う。

「病で苦しんでいる人がいれば、それを助けるのが医者の役目です。そして、病を治すのが薬です。目の前の病人を助けず金持ちだけを診る医者。病人を治すのではなく年寄りが精をつけるための薬。そんなものがまかり通れば、世の中は闇ですよ。竹藪の中の藪医者がまがいものの薬屋と組んで、なにかよからぬことを企んでいるのなら、なんとかすべきではないでしょうか。その三ノ輪の幇間が死ななければ、ただの変な遊び。銀八が金平糖と丸薬を持ち帰らなければ、だれもなにも気にしないで終わってたと思います」

「よくわかったよ、お梅さん」

勘兵衛が大きくうなずく。

「ま、大家さん。あたし、しゃべり過ぎたかしら。ごめんなさい」

「いいんだよ。弥太さん、徳さん、お京さん、お梅さん、よく調べてくれたね。その後、新しいことがわかったと銀八から知らせがあった」

「ほう、勘兵衛さん、ぜひお聞かせ願いましょう」

「はい。佐賀屋の長寿丸は大変高価で、男を立たせるのによく効く。だが、効き過ぎて、年寄りの体を弱らせる。よく効く薬には多少の毒も含まれている。佐賀屋は弱った年寄りを周庵に診立てさせる。長寿丸の毒消しとして、別の丸薬が佐賀屋から周庵に渡される。つまり、周庵が診ている金持ちの年寄りたち、みんな長寿丸を贔屓にしていたわけだ」

「なんてひどいの」

お梅が歯を食いしばり、涙を流す。

「そんなの、そんなの、医者じゃありません」

「うん、お梅さん、そうだね。だけど、もっと悪い話があるんだ。銀八が聞き込んだ佐賀屋と周庵のさらに悪どい儲け話。佐賀屋が人を健やかにする薬飴を売り出す。食べると元気が出るが、すぐに苦しくなる。それをたまたま周庵が治すようにお膳立てする。薬飴が流行《はや》り病のように広がっても、治せるのは周庵だけ。佐賀屋も周庵も今よりもっと儲けることになる」

「恐ろしいですな」

玄信が溜息をつく。

「病を治すべき医者と薬屋が病を流行らせて金儲けとは」

「しかし、大家殿」

　左内が怪訝そうに言う。

「なにゆえ、銀八はそこまで知り得たのか。それほどの企みを幇間に漏らすであろうか」

「そこですよ、左内さん。医者と薬屋の他に、吉原の客、もうひとりいるでしょ」

「遊び人ですかな」

「はい、弁吉はただ周庵にたかっているだけの遊び人じゃなかったんです。三人の中じゃ、一番の悪党かもしれません。剣は持っておりませんが、匕首を巧みに使いこなすのを見て、銀八は震えあがったそうです。弁吉に目をつけられ、問い詰められ、銀八は自分が盗っ人だと白状しました」

「なんだって」

　一同、驚く。

「それで、周庵の薬飴をばらまく仲間に引き入れられたとのこと」

「おお、勘兵衛さん、なかなか使えますな。元盗っ人の手下で、火盗改の狗だった幇間」

　にんまり笑う作左衛門。

「さっそくご家老に伝えます。この一件はぜひとも世直しにつなげましょう。お殿様のお指図がなくても、病を流行らせ儲けるなどと、人の命にかかわる悪事、なんとか阻止せねばなりません。すぐにでも、悪人どもを追い詰める手立て、工夫してください」

その夜はお開きとなり、久助が膳を片付けるのを、お京とお梅と弥太郎が手伝う。文机の前でぼんやりしていると、お梅が声をかける。

「大家さん」

「ああ、お梅さん。今日はご苦労さんだったね」

「すいませんでした。つい、気が昂《たかぶ》ってしまって」

「いいんだよ。気にしなくて」

「あたしが御典医の後家なのはご存じですね」

「江戸詰の御典医は杉岡先生だから、後家といえば、ご亭主は凌安先生だね」

「はい、不肖《ふしょう》のせがれが凌順、そして夫は婿養子でしたので、あたしの父は凌伯でした」

「杉岡凌伯先生は名の通った名医。おまえさんが医術に優れているのは、お父上の教えがあってのことか」

「女は医者にはなれません。凌順はそこそこ、夫凌安は病人にとても優しい人でした。さきほど、井筒屋さんが悪事のない世の中が一番だとおっしゃってるのを聞いて、思い出しました。父は亡くなるとき、病のない医者いらずの世の中が一番だと申しました、それが末期の言葉でした」

「凌伯先生が、病のない医者いらずの世の中が一番だと」

「人にはそれぞれ定命《じょうみょう》があり、早かれ遅かれ、だれにでもお迎えがきます。医術や薬で無理に引き延ばさなくてもいい。そう言いたかったのでしょう」

「なるほど」

「医術に頼るよりも、日々、暴飲暴食を戒《いまし》め、よからぬ欲を捨て、早寝早起き、無理せず生きていれば、病のほうから易々とは近寄りませんよ。ただし、医者は名医であろうと、藪であろうと、世の中から病をなくし、病人を救うのが本来の役目です。金儲けのために病を流行らせるような医者は医者ではありません。医者の仮面を被った守銭奴です。そんな者どもを決して許してはなりません」

「うん、わたしも許せないよ。お殿様からお指図があり次第、すぐにとりかかれるよう、今のうちに思案しなければ」

「もうひとつ、気になることがあります」

「ほう」

「徳さんが佐賀屋太兵衛が六十半ばと言ったんで、頭にぴんと浮かんだことがあります。父の弟子はみな医者を目指していましたが、中にひとり薬種屋の長男がいまして、歳はあたしより、少しだけ上。屋号がたしか佐賀屋だったこと、思い出しました」

四

柳橋の茶屋、座敷の上座には三十半ばの気品ある武士。お忍びの小栗藩主、老中松平若狭介である。その脇に江戸家老の田島半太夫、下座には井筒屋作左衛門と大家勘兵衛が平伏している。

「勘兵衛、まずは一献とまいろう。盃を取らす。これへ」

「ははあ」

膝行し、盃を受ける勘兵衛。

「どうじゃ、勘兵衛。賊徒の一味から火盗改の狗となった葦間、役に立っておるようじゃのう」

満足そうに微笑《ほほえ》む若狭介に、深く頭を下げる勘兵衛。

「はい、われら隠密一同を義賊と思い込んでおりまする。義賊が狙いをつけるのは不正によって利を得る悪辣な商人と心得、見つけてまいりましたのが、医師浦川周庵と薬種商の佐賀屋太兵衛にございます」

「うむ。半太夫から仔細は聞いておる。長寿丸なる秘薬。用いれば、精は漲《みなぎ》り、やがて一気に衰弱し、それを療治できるのが浦川周庵のみ。つまり佐賀屋の薬で病を起こさせ、その療治薬を有する周庵がこれを診立てて、暴利をむさぼっておるのじゃな」

「はい。さようにございます。長寿丸は老齢の富裕者が回春に用いますので、顧客は限られますが、さらに佐賀屋と周庵とで新薬を作っておる由」

「それを幇間が嗅ぎつけたのか」

「殿が幇間を手先とすること、お認めくだされればこそでございます」

「ふふ、面白い。そのほう、月ノ輪一味で通しておるのじゃな。権田又十郎が市井《しせい》の大家勘兵衛となり、盗賊月ノ輪勘兵衛とはのう」

「お恥ずかしゅうございます」

「なに、方便は大切じゃ。義賊の手先の幇間による遊里の探索。よくぞ思いついたのう。それゆえ、この案件に逢着《ほうちゃく》できたのじゃ」

「はい、新薬は長寿丸と異なり、老齢の者だけでなく、老若男女が健やかになると触れ、多くの民が用いれば、流行り病のごとく蔓延いたしましょう」

「出回らぬうちに阻止せねばならぬ。思案はあるのか」

「まだ工夫にまでは至りませぬが、産婆のお梅は元お屋敷の御典医杉岡淩伯殿の娘御であった由」

「うむ」

「佐賀屋太兵衛は四十年以上も前、淩伯殿の元で医術を学んでおり、お梅は憶えておるとのこと。それも一工夫になるやもしれませぬ。また、幇間銀八を周庵一派の懐に潜り込ませようと存じまする」

「よし。周庵と佐賀屋の始末、長屋一同に命ずる。よきにはからえ」

「ははあ」

「わしはまだ三十路半ばゆえ、そのような回春の秘薬など求めようとは思わぬが、半太夫、作左衛門、そのほうら、還暦は過ぎていよう。もしも無毒であるなら、長寿丸を用いたいと思わぬか」

「殿、この半太夫、すっかり枯れております。そのような生臭い薬、性に合いませぬ」

「さようか。作左衛門、そちはいかがじゃ」

「わたくし、毒がなくとも、そのような薬、危のうございます。心の臓によくありませんな」

「うむ。ふたりとも長生きいたせ」

「かたじけないお言葉、ありがとう存じまする」


浅草寺の本堂で手を合わせた後、銀八は奥山で弁吉から試作の丸薬の入った包みを受け取った。

「中に十粒入ってるぜ。味も臭いもなくて、水や茶にすぐに溶けるようになってる。打ち合わせたとおり、先生は離れたところでおめえを見てるよ。茶店でひとりぼんやりしている野郎の茶にそっと入れるんだ。だれでもいいが、年寄りや餓鬼は駄目だし、連れがいても面倒だ。お手のもんだろ。薬はすぐに効いてくるから、おめえは知らん顔で立ち去れ。少し離れたところで次の合図をするからな」

「へい、親方、お任せください」

銀八がちらっと目を走らせると、涼しい顔の周庵が大道のガマの油売りの妙技を見ていた。

さて、いよいよ仕事だぞ。

快晴の午後、茶店はどこも人が多かった。床几にひとり座っている若い町人。銀八はそっと近づき、素早い手つきで茶の中に丸い粒を落とし、何食わぬ顔で立ち去る。

町人は茶をゆっくりと飲む。しばらくはなにも起こらない。

「ううっ」

いきなり苦しむ町人。

「どうしたっ」

すぐ近くの床几にいた小柄で丸顔の職人風が声をかける。

なにも言わず、胸を押さえて、呻く町人。驚く茶店の客たち。遠巻きにする参拝客。

「いかがいたした」

周庵がさりげなく通りかかり、声をかける。

「おお、これはいかんのう」

心配そうに町人の前にかがみ込む周庵。その鳩尾《みぞおち》に町人の拳が突かれる。

「ううっ」

悶絶する周庵。

「おう、大変だ。病人だ」

「どうしました」

茶店の奥から顔を出す女。お京である。

「ねえさん、ちょいとそっちの奥で休ませてもらえませんか。ふたりも倒れてるんで」

「はい、どうぞ」

「あたしはもう大丈夫ですよ。その人のほうが心配だ」

町人の徳次郎は立ち上がり、側にいた半次が周庵を抱えて、茶店の奥に連れ込む。

「じゃ、あたしは今、医者を呼んできますから」

職人風の二平が言う。

「それには及ばぬ」

参拝客の中にいた総髪の玄信が人波をかき分けるように近づく。

「わたしが医者です。診てしんぜましょう」

一部始終を見て、舌打ちして去ろうとする弁吉の前にガマの油売りが立ちふさがる。

「なんでえ、てめえ」

「貴様にちと、用向きがあってのう」

腰の刀に手を添える左内。

「くそっ」

踵《きびす》を返し、さっと逃げようとする弁吉の首筋を熊吉がつかむ。

「うっ」

そのまま気を失う弁吉。

茶店の奥は狭い小上がりになっており、気を失った周庵を玄信、徳次郎、半次、二平が取り囲む。

お京がお梅を案内して招じ入れる。

「どうぞ、お梅さん」

「お京さん、ありがとう」

お京は茶店に引き返し、お梅はみんなを見てにっこり。

「うまくいったみたいね」

「お梅さん、待ってましたよ。さっき、銀八があたしの茶の中に入れたのは、ただの飴玉でして、ほんものはこれです」

徳次郎が取り出した白い丸薬を手にして臭いを嗅ぐお梅。

「なるほど、臭いはありませんね。味もなく、茶に混じれば、気がつかないでしょう。よくできています。佐賀屋は医術の腕は伸びませんでしたが、薬の工夫はなかなかです。いい本草学者でもついているのかしら。と思ってましたけど、おそらく、長崎帰りの医者、浦川周庵が本草も兼ねているんです。この男、まさかと思いましたが、あたくし、存じております」

「え、お梅さん、周庵をご存じなんですか」

「たった今、思い出しました。佐賀屋太兵衛もこの男も、若い頃、あたくしといっしょに父の下で医術の修業をした仲です」

「えええっ」

驚く一同。

「そんな因縁があったのですか」

「ううっ」

周庵が息を吹き返す。

「貴様ら、なにものだ」

「気がついたようですね。今は浦川周庵殿と名乗っておられるのですか。お久しぶりでございますねえ」

「だれじゃ」

周庵はお梅を睨みつける。

「もうとっくにお忘れでしょう。杉岡凌伯の娘、福でございます。あなた、昔の面影のまま、少しもお変わりないので、すぐに気がつきました。長崎で修業なさり、立派な藪におなりですね」

「ああっ」

周庵はうろたえる。

「お福殿、まさか」

「あなたといい、佐賀屋といい、父の弟子でありながら、恐ろしい薬を作られたのですね」

「ふんっ、わしは貧乏御家人の冷や飯食いであったからのう。いくら才があっても、出世などできぬ。医術の腕は、お福殿、そなたにはとても及ばぬ。あきらめて、長崎で本草を学び、江戸で佐賀屋に再会した。太兵衛は放蕩の末、店が潰れかけておったが、わしが調合した回春の秘薬で持ち直し、さらに商いを大きくした。お福殿、昔と変わらぬのう。そなたの婿になっておれば、わしは今頃、大名の御典医かもしれぬが、病人相手に身を擦り減らすなどまっぴらじゃ。そなたを袖にして、よかったと思っておる」

「あたくしも、あなたを婿にせず、しあわせでございました。せっかくですから、あなたのお薬、効き目を試してみましょう」

「なにをするかっ」

半次と徳次郎に両脇を取り押さえられてもがく周庵。

「やめろ」

その口に、お梅は白い丸薬を入れて、押さえた。

「ううっ」

「すぐに効いてくるでしょう。口の利けるうちに、毒消しの場所を教えなさい」

震える手で袱紗を指さす周庵。徳次郎が中から小さな丸薬の詰まった器を取り出す。

「もっともっと苦しんでからですよ。お薬をあげるのは」

苦しみにのたうち回る周庵を見ながら、寂しそうに溜息をつくお梅であった。


麻布宮下町の竹藪に囲まれた家の前に、一挺の駕籠が停まる。

駕籠脇には左内、熊吉、銀八の三人。熊吉が駕籠の中から気を失ったままの弁吉を抱え起こす。

「駕籠屋さん、ご苦労だったね」

銀八から手間賃を貰い、駕籠屋は立ち去る。

家の中から戸が開き、勘兵衛と弥太郎が顔を見せる。

「旦那、お待たせしました」

「銀さん、うまくやったみたいじゃないか。ここは弥太さんが開けてくれたから、すんなり入って、ふたりで待ってたよ」

「さすがですねえ、弥太郎さん」

「わけないよ。怖い用心棒もいなかったし。それにしても、だだっぴろいだけで、殺風景な家ですね」

「こんなところに周庵と弁吉、ふたりだけで住んでるんじゃ、吉原へ行きたくなる気持ちはわからないでもありません」

「では、この遊び人、息を吹き返させよう」

左内にぐっと活を入れられ、弁吉は周りを見回す。

「てめえら、いってえなにもんだ」

「おやおや、弁吉の親方、あたしの正体は打ち明けたでしょ」

「銀八、てめえ、裏切りやがったな」

「盗っ人は嘘つきに決まってますよ。信用するなんて、お人がよすぎますよ、弁吉親方」

見回す弁吉。

「みんな盗っ人なんだな」

「こちらにおられるのが月ノ輪の親分さんです。じゃ、そろそろ仕事に取りかかりましょう。弁吉親方、この家のお金、ありったけ全部いただきます。さ、どこにあるか、案内してくださいな」

「わかったよ。いやだと言ったら、命はないな。俺はまだ死にたくねえからよ」

弁吉が案内したのは神農《しんのう》を祀る神棚で、その下に千両箱があった。

「ええっ、千両箱がたったひとつですかい。病人騙して、たんまり稼いでるのに、しみったれてるねえ」

銀八が驚く。

「なに言ってやがる。いくら儲けたって、ここの先生、吉原でどれだけばらまいているか。銀八、てめえなら知ってるだろう。先生の金遣いの荒いのは」

「まあ、そんなところだろう。金はこれで充分だ。あとは、薬と処方の書きつけ、それもおまえ知っていよう。出せ」

「なんだと」

「弁吉親方、これですよ」

銀八が先ほどの白い丸薬を見せる。

「佐賀屋で売り出す薬飴」

「ちっ。まだ作りかけだよ。地獄の釜の開く頃までに、全部揃えて佐賀屋に届ける手筈になってる。高い薬だからな。てめえら、それまで横取りする気か」

「いただこう。それなら、おまえの命までは取らないよ」

「しょうがねえ」

弁吉は周庵の仕事場に案内する。

「たくさん、あるねえ。これがみんな薬飴になるんだな」

「佐賀屋は首を長くして待ってるはずだ」

「わかった。みんなで庭に運び出してくれ」

庭に積み上げられた薬と材料と書きつけ。

「ここにあるのは、世の中のためにならない毒だ。こんなものが世に出たら、江戸は生き地獄になってしまう」

「てめえら、なにする気だ」

「盂蘭盆《うらぼん》には少し間があるが、ここで送り火を焚くんだよ」

「おお、それは風流ですねえ」

る弁吉。

熊吉が油を撒いて、薬と書類の山に火をつける。燃え上がる炎を悔しそうに見つめる弁吉。


「じゃ、あとは火の始末をして、金を持って退散としよう」

「こやつ、生かしておけぬ。斬り捨てましょう」

左内が刀に手をかける。

「おい、約束が違うじゃねえか」

「へへ、盗っ人は嘘つきなんでね」

「助けてくれよう」

「いいだろう」

勘兵衛はうなずく。

「わたしたちは義賊だ。盗みはすれど非道はせず。殺したり、女を手込めにするのは掟《おきて》に背く。銀さん、おまえさん、まだあれ、持ってるだろ」

「はい、観音様の茶店で一粒使っただけです」

「じゃ、この男で効き目を試してみよう」

「やめてくれ。死んだほうがましだ。あっさり殺しやがれ」

「だから、殺生《せっしょう》は掟に背くんだよ」

勘兵衛の合図で銀八は白い丸薬を弁吉の口に入れる。

「くそっ、覚えてやがれ」

「じゃ、忘れるようにもう一粒、いや二粒か」

さらに口に丸薬を入れられ、のたうちまわる弁吉。

「さ、引き上げよう」


翌日、日本橋三丁目の佐賀屋の店先に二挺の駕籠が停まる。駕籠から出てきたのは浦川周庵とお梅であった。

「これはこれは、周庵先生、ようこそお越しくださいました」

番頭が頭を下げる。

「太兵衛殿はおいでかな」

「はい」

中から太兵衛が姿を現す。

「先生、ようこそ」

連れのお梅を見て、首を傾げる。

「こちらのお方は」

言われてお梅は頭を下げる。

「ごぶさたしております。飯田町の杉岡凌伯の娘、福でございます。お見忘れですか。太兵衛殿はあの頃、まだ太一郎《たいちろう》さんと名乗っておいででしたね」

のけぞるように驚く太兵衛。

「うわああ、これはこれは、お懐かしい。お福様。あの頃とお変わりなく、ますますお元気ですな。さあさ、おふたりとも奥へどうぞ」

奥座敷に通される周庵とお梅。

「お福様、お久しゅうございます。凌伯先生が亡くなられて、もう三十年、いや四十年になりますか。当時若先生だった凌安先生も五年ほど前でしたね。飯田町にもずっとうかがっておらず、お参りもいたさず、失礼の段、お許しくだいまし」

「なんの。そんなことよろしいですよ。それよりも、太兵衛殿、お店は繁盛なさっておられる様子」

「いえいえ、たいしたことありません」

「昨日、たまたま浅草に参詣にまいりましたら、ばったり周庵先生にお会いし、観音様のお引き合わせと喜びました。太兵衛殿と懇意にされているとうかがい、あたくしもぜひお目にかかりたいと申しまして、押しかけました次第、不躾《ぶしつけ》をお許しください」

「いいえ、うれしゅうございます。お福様にお目にかかれるとは、長生きしてよかった」

「おお、長生きと申せば、こちらで売り出しておられる長寿丸、たいそう評判がよろしゅうございますね」

「え、お福様が長寿丸をご存じとは、ますますうれしゅうございます」

「殿方に人気があるそうで」

「はい、さらに人気の出そうな薬飴を周庵先生に考案してもらっております。今はまだ、試しにいくつかあるだけ」

「旦那様、失礼いたします」

戸が開き、女中が茶と菓子を三人の前に置き、退出する。

「どうぞ、ゆっくりなされてくださいまし」

お梅は座敷から見える庭の花に目をとめる。

「おお、美しゅうございますね」

「お目にとまりましたか」

太兵衛の目をかすめて、周庵が忍ばせた白い丸薬を茶碗にそっと落とす。

「白百合《しらゆり》でございます。飯田町ではお福様は花のようにお美しかったですな」

「まあ、ご冗談を」

一口茶を飲む太兵衛。

「太兵衛殿、お忙しいときにうかがいまして」

「とんでもない。この歳になりますと、仕事は店の奉公人に任せております。さ、ゆっくりと昔話に花を咲かせようではございませんか」

そう言いながら、太兵衛の顔色が変わる。

「うっ」

「いかがなされました」

「ううう、急な差し込みが」

「おお、それはいかん」

周庵に化けた半次が、太兵衛の口に白い丸薬を二粒入れる。

さらに苦しみ悶える太兵衛。

「どなたか、おらぬか」

奉公人が座敷に駆けつける。

「ああ、旦那様」

「急な病じゃ。心の臓が危ない。動かさず、ここに寝かせるがよい」

「先生、どうしましょう」

「ここは薬種屋だが、療治の道具はないようじゃ。とりあえず、すぐに近所の医者を呼ぶがいい。わしはひとまず家に戻り、道具を用意して戻ってまいる。お福殿、いっしょに来られよ」

「はい、まいります」


佐賀屋太兵衛の葬儀のあと、小石川養生所に千両箱がひとつ、ふたりの廃人とともに届けられた。ひとりは遊び人の弁吉、もうひとりは浦川周庵。佐賀屋が売り出す予定だった新薬の作用で、意識は戻らぬまま、身元不明の行き倒れとして受け入れられた。薬が効き過ぎた太兵衛は、倒れて三日目に心の臓の発作で息を引き取っていた。

銀八はどうもすっきりしない。ずっともやもやしている。

分け前がほしいのではないが、月ノ輪のお勤め、なんだかおかしい。佐賀屋太兵衛はあっけなく死んだが、店は盗っ人に入られた形跡もなければ、潰れてもいない。新薬の薬飴は麻布の周庵の家で全部焼かれて、結局世に出ることはなかった。

あれだけ手間暇かけたお勤めの割には、よくわからないことが多いのだ。

「銀さん、おまえさんに会わせたいお人がいるんだ」

「へえ、旦那。どなたです」

「幇間を揚げたいとおっしゃるんでね。ただし吉原ではなくて、柳橋の料理茶屋なんだが」

「旦那のお知り合い。月ノ輪にかかわりのあるお方ですか」

「まあ、そんなところだ。御身分のあるお方なので、派手に陽気にとまではいかないが、座敷を盛り上げてほしい」

「かしこまりました」

柳橋の茶屋の座敷には芸者は呼ばれておらず、上座の真ん中に上品な武士。その脇に年配の武士が控えて、もうひとり恰幅のいい町人がやや下座。三人が談笑しながら酒を飲んでいた。

銀八は勘兵衛とともに座敷の入り口に手をつき、頭を下げる。

「ええ、このたびは、お呼びくださいまして、ありがとう存じます。幇間の銀八でございます」

「おお、銀八か。よくぞまいった。近う寄れ」

「ははあ」

銀八は小声で勘兵衛に訊く。

「ご身分のあるお方って、お殿様ですか」

「そうだよ。今度から、おまえさんをご贔屓くださる、ご老中、松平若狭介様だ」

時代小説

二見時代小説文庫

狗《いぬ》の功名《こうみょう》　大江戸秘密指令《おおえどひみつしれい》7

二〇二五年　三　月二十五日　初版発行

著者　伊丹《いたみ》　完《かん》

発行所　株式会社 二見書房
〒一〇一-八四〇五
東京都千代田区神田三崎町二-一八-一一
電話　〇三-三五一五-二三一一［営業］
〇三-三五一五-二三一三［編集］
振替　〇〇一七〇-四-二六三九

印刷　株式会社 堀内印刷所
製本　株式会社 村上製本所

ISBN978-4-576-25014-4
https://www.futami.co.jp